Gerhard Mensching · Die abschaltbare Frau

GERHARD MENSCHING

Die abschaltbare Frau

ROMAN

HAFFMANS VERLAG

Boy Lornsen
gewidmet

Umschlagbild von
Michael Sowa

1. – 6. Tausend, Herbst 1991

Satz: Textline, Oberursel
Herstellung: Offizin Andersen Nexö, Leipzig
ISBN 3 251 00182 5

Inhalt

1. KAPITEL

Die Leiche im Kofferraum

Er hatte wirklich nicht damit gerechnet, daß es Schwierigkeiten an der Grenze geben könnte. Man wurde doch eigentlich fast immer durchgewinkt. Die französischen Zöllner zeigten erfahrungsgemäß kein Interesse für das, was man ausführte. So auch diesmal. Er wurde durchgewinkt. Auch die deutschen Beamten machten gelangweilte Gesichter. Keiner wollte seinen Ausweis sehen. Aber als er schon wieder Gas geben und weiterfahren wollte, trat doch noch einer zu ihm ans Fenster, ein Kleiner, der zuvor abseits gestanden hatte, und klopfte an die Scheibe.

»Haben Sie etwas anzugeben?«

»Nein. Möchten Sie sich überzeugen?« Und er wandte sich den Rücksitzen zu, auf denen seine Koffer lagen.

»Und – im Kofferraum haben Sie nichts?«

»Doch. – Tannenzweige.«

»Die würde ich gerne mal sehn. Fahren Sie doch bitte rechts ran.«

Zu spät wurde es ihm klar: Er war eine Spur zu eilfertig gewesen. Er hätte sich nicht so bereitwillig nach seinem Gepäck auf den Rücksitzen umdrehen sollen. Das hatte den Kerl mißtrauisch gemacht. Also gut – der Kofferraum. Er fuhr an die Seite, stieg aus und öffnete den Deckel. Tannenzweige, wie gesagt. Der Zöllner trat hinzu und schaute sich das an.

»Nur Tannenzweige?« Das miese Kerlchen schaute skeptisch. Es wollte sich mit seinem Mißerfolg noch nicht abfinden.

»Nur Tannenzweige.«

Der Wegelagerer griff zu, zog einen Zweig heraus und noch einen, legte sie hinter dem Wagen auf den Boden.

Und schon wieder stieß das spitze Pfötchen zu und rupfte einen Zipfel grüner Decke hervor.

»Und eine Decke.«

»Allerdings. Das ist ungewöhnlich. Das gebe ich zu. Die meisten Leute kennen nichts Schöneres in ihrem Kofferraum als Tannennadeln.«

Das war frech gewesen. Das hätte er lassen sollen. Das Zollbürschchen vermerkte es mit säuerlicher Verkniffenheit, zerrte ein größeres Stück grüner Decke heraus.

»Paßt farblich gut zu Ihren Tannenzweigen – die Decke.«

»Ja. – Ich bin in allen Dingen ein Ästhet.«

Unbeirrt fuhr der Kleine fort: »So gut, daß man gar nicht auf den Gedanken kommen soll, daß hier noch was drunter ist. Nun – was ist hier drunter?«

»Sehen Sie nach.«

Nun war nichts mehr zu retten – gar nichts mehr. Oder würde dieses Trüffelschwein jetzt die Suche abbrechen? Könnte es sein, daß er Genugtuung dabei empfand, etwas zu tun, was jetzt wirklich keiner erwartete? Kann nicht sein – nein, kann nicht sein. Dazu sind solche eingleisigen Naturen nicht sublim genug.

Der Zöllner ließ seinen linken Arm unter der Decke verschwinden, wühlte sich vorwärts. Und dann – ruckartig zog er den Arm zurück und war vollkommen bleich geworden. »Was ist da drin?« stieß er hervor. Aber die Antwort wartete er gar nicht ab, sondern griff nun mit beiden Händen zu, riß die Tannenzweige heraus, die ganze Decke und schaute dann mit einem wirklich herrlich irren Blick auf die Frau, die zusammengekrümmt auf dem Boden des Kofferraums lag, bewegungslos – tot?

»Wer ist das? Was haben...?«

»Meine Freundin«, sagte der Ertappte und grinste. »Genaugenommen soll sie es erst werden.«

Dieser unangebrachte Scherz gab dem Zöllner schlagartig seine amtliche Fassung zurück.

»Sie transportieren eine Leiche im Kofferraum Ihres Wagens. Wir müssen die Polizei verständigen. Sie sind festgenommen.« Und hastig schlug er den Deckel zu, um zu verhindern, daß unbefugte Schaulustige irritiert wurden.

»Ach was! Keine Leiche! Das ist überhaupt kein Mensch! Das ist eine Puppe!«

»Also hören Sie mal!« Der Zollbeamte war entsetzt über so viel Dreistigkeit. »Ich habe mit meiner Hand, hier mit dieser Hand«, und er betrachtete dieselbe mit ausgesprochenem Schauder, »mit dieser Hand habe ich ein Bein der Frau berührt, und das ist bestimmt nicht von einer Puppe.«

Er ließ sich nun auf keine weiteren Erörterungen ein. Offenbar hatte er einen vollkommen abgebrühten, vielleicht sogar wahnsinnigen Mörder vor sich. Hier endete seine Kompetenz. Leichen gehörten nicht in den Bereich verzollbarer Waren. Er gab dem Verhafteten den Befehl, sich mit ihm ins Zollgebäude zu begeben. Kaum aber waren sie beide ein paar Schritte gegangen, da fiel dem Beamten ein, daß es besser war, den Kofferraum zu ver schließen. Es konnte immerhin sein, daß jemand inzwischen die Leiche klaute. Also gingen sie beide wieder zum Wagen zurück, der Kofferraum und überhaupt gleich der ganze Wagen wurden verschlossen. Den Schlüssel nahm der Zöllner in Verwahrung. So war es zweifellos einwandfrei und richtig.

Im Zollgebäude meldete der kleine schlaue Leichenfinder seinem Vorgesetzten, einem schwerleibigen Trinkertypen, was er gefunden habe, und fragte ihn, ob er sich selber überzeugen wolle. Das wollte der Vorgesetzte, der gerade einen grünen Joghurtbecher auslöffelte, überhaupt nicht. Er vertraute den Leichenkenntnissen seines Untergebenen und befand, daß einzig die Mordkommission hier zuständig sei. Er stellte den Joghurtbecher beiseite und telefonierte. Nach Beendigung des Gespräches machte er einen Anlauf, den noch halb vollen Joghurtbecher – es war Erdbeerjoghurt, vielleicht auch Kirschjoghurt – gänzlich zu leeren, nahm davon aber dann doch Abstand. Möglicherweise war es ihm zu Bewußtsein gekommen, daß in Anwesenheit eines gerade gestellten Mörders und einer nicht weit entfernten weiblichen Kofferraumleiche die Nahrungsaufnahme eines Beamten unangebracht sein könnte.

Vordringlicher mochte es ihm erscheinen, schon einmal die Personalien des Verhafteten aufzunehmen, um der Polizei etwas vorzuarbeiten.

»Ihr Name?« wandte er sich bedeutungsvoll an den Mörder.

»Pit Corduan. Das heißt...«

»Was? Wie? Geben Sie mir mal Ihren Paß oder Ausweis. – Aha. Sie heißen ja gar nicht Pit Corduan. Sie heißen Fritz Groß. Oder ist der Paß gefälscht? Das werden wir schon rauskriegen.«

»Es ist mir zur Gewohnheit geworden, mich mit ›Pit Corduan‹ vorzustellen. Ich arbeite unter diesem Namen. Ich bin Fotograf. Meinen wirklichen Namen habe ich schon fast vergessen. Neinnein, ich heiße Fritz Groß. Der Paß ist schon in Ordnung.«

»Werden wir nachprüfen. Und Ihr Wohnort? Hier ist Hamburg angegeben – Hamburg, Isestraße 67. Stimmt das?«

»Ja. Stimmt. Hamburg ist mein Hauptwohnsitz. Sie können ruhig beim Einwohnermeldeamt nachfragen. Außerdem habe ich noch zwei weitere Wohnsitze: Paris und Keitum auf Sylt. Dort halte ich mich allerdings sehr selten auf. Im Augenblick befinde ich mich gerade auf der Fahrt dorthin.«

Der Beamte hatte nun erst mal damit zu tun, die Angaben überprüfen zu lassen, und während dies geschah, traf auch schon die Mordcrew mit deutlichen Zeichen gieriger Vorfreude ein. Der Boss, Hauptkommissar

Schäfer, wie er sich vorstellte, hatte eine geradezu frappante Ähnlichkeit mit seinem Kollegen Derrick aus dem Fernsehen, die lediglich durch eine Zahnlücke – ihm fehlte der rechte obere Eckzahn – etwas gestört wurde. Er schien diese Ähnlichkeit bewußt zu pflegen. Allerdings, wenn er den Mund auftat, sorgte neben der Zahnlücke, die sicherlich irgendwann wieder geschlossen sein würde, eine weitere Abweichung vom Original für eine entschieden nachhaltigere Irritation: der Kommissar hatte eine Fistelstimme.

Natürlich wollte man sofort die Leiche sehen und hatte auch gleich einen Gerichtsmediziner mitgebracht. Der Zollboss führte die Herren zum Fundort, aber Corduan durfte nicht mitkommen. Er solle, bewacht von zwei Polizisten, im Zollgebäude bleiben.

»Machen Sie mir bitte die Figur nicht kaputt, sonst fordere ich Schadenersatz«, gab Corduan, der bemerkenswert ruhig war, dem Starimitator mit auf den Weg. »Bringen Sie sie herein. Ich werde sie Ihnen erklären.« Man schenkte ihm erst mal keine Beachtung. Kurze Zeit später trugen sie die Leiche auf einer verdeckten Bahre herein. Der Mediziner nahm die Decke ab und machte sich sofort an die Untersuchung. Corduan, leise grinsend, behielt ihn dabei scharf im Auge.

»Was haben Sie da eben gesagt«, fragte ihn der Kommissar hochstimmig, »eine Figur? Sie behaupten, diese Frau dort sei eine Figur? Was wollen Sie damit sagen?«

»Nur was ich sagte. Sie ist eine Figur. Kein Mensch. Ihr Mediziner wird das bald heraushaben.«

»Das ist doch keine Figur, Mensch! Ich habe sie selbst angefaßt. Das ist eindeutig eine Leiche. Wollen Sie mir vielleicht sagen, wer die Person ist?« Der Fistler war offensichtlich ärgerlich.

»Sie hat noch keinen Namen. Sie ist noch ganz neu. Ich habe sie gestern erst in Saint-Malo abgeholt. Ich weiß noch nicht, wie ich sie nennen werde.«

»Neu? – Sind Sie... sind Sie...« Der Kommissar schaute zur Leiche hinüber. Es war eine vollkommen nackte Frau, die jetzt ausgestreckt auf der Bahre lag, schlank, eine makellose Figur mit langen Beinen und mittelgroßen Brüsten. Sie hatte ein schmales Gesicht, einen geheimnisvoll sinnlich intelligenten Mund, von schöngeformten Deckeln verschlossene Augen und eine hohe, gewölbte Stirn. Ihre Haare waren tiefschwarz und halblang. Die schöne Frau mochte etwa vier- oder fünfundzwanzig Jahre alt sein.

»Können Sie schon was über die Todesursache sagen?« fragte der Kommissar den Mediziner.

»Überhaupt nichts. Keine äußeren Gewalteinwirkungen. Wir müssen sie obduzieren.«

»Um Gotteswillen! Bloß nicht!« schrie Corduan auf. »Dann ist sie kaputt, und eine zusammengenähte oder geklebte Puppe will ich nicht haben! Lassen Sie sie mich vorführen!«

»Quatschen Sie nicht!« fuhr der Kommissar ihn an. »Was sagen Sie, Doktor Thomessen, ist das eine Leiche oder was?«

»Allem Anschein nach ist es eine weibliche Leiche. Ihr Alter schätze ich auf etwa fünfundzwanzig Jahre. Zwei Backenzähne sind durch Goldkronen ersetzt. Ihre Haut fühlt sich normal und nicht künstlich an. Auch ihre Haare sind keine Perücke, sondern aus der Kopfhaut hervorgewachsen. Ich sehe kein Indiz dafür, daß es sich um eine Puppe handelt. Wie gesagt, ich muß sie erst obduzieren, dann weiß ich mehr.«

»Also jetzt reden Sie hier nicht mehr so albernes Zeug«, wandte der Kommissar sich wieder an Corduan. »Daß Sie eine Leiche im Kofferraum über die Grenze schaffen wollten, muß noch nicht unbedingt bedeuten, daß Sie ein Mörder sind. Es ist allerdings ziemlich verdächtig, daß Sie sie unter Tannenzweigen versteckt hatten. Daß hier ein Verbrechen vertuscht werden soll, liegt doch wohl auf der Hand. Wenn es wirklich nur eine Puppe wäre, wie Sie behaupten, hätten Sie sich die Mühe doch sparen können. Also: Was ist geschehen?«

»Ich hatte nicht mit einer so gründlichen Durchsuchung beim Zoll gerechnet. Hätte ich die Puppe auf dem Beifahrersitz festgeschnallt, hätte man möglicherweise ihre Papiere sehen wollen. Da sie keine hat, hätte sie aussteigen müssen, und das eben hätte sie nicht gekonnt. Prompt hätte man sie für eine Leiche gehalten. Ich habe sie deshalb in den Kofferraum gelegt und mit Tannenzweigen bedeckt. Für einen flüchtigen Blick vom Zoll hätte das sicher genügt. Aber der Beamte hatte es sich eben in den Kopf gesetzt, mir etwas anzuhängen, und unter den Zweigen gegraben. Es tut mir leid, daß Sie deshalb Ihre Zeit vergeuden.«

»Der Beamte hat seine Pflicht getan«, beeilte sich der Fistel-Derrick festzustellen. »Sie bleiben also dabei, daß es sich um eine Puppe handelt?«

»Ja. Und ich bitte darum, Ihnen das jetzt zeigen zu dürfen.«

»Dazu müssen Sie die Leiche berühren?«

»Dazu muß ich die Puppe berühren.«

»Ist zu befürchten, daß durch eine Berührung Indizien an der Leiche beseitigt werden könnten?« wandte sich der Kommissar an den Mediziner, der die Frau mittlerweile auf den Bauch gedreht hatte. Sie hatte einen ausgesprochen hübschen Po.

»Es kommt darauf an, was er mit ihr anstellen will.«

»Also, was wollen Sie mit ihr machen?«

»Ich müßte ihr einmal zwischen die Beine fassen und...«

»Kommt überhaupt nicht in Frage!«

»...und etwas aus ihr herausholen.«

»Herausholen?« Der Kommissar war nun davon überzeugt, einen Irren vor sich zu haben, einen irren Sexualverbrecher.

»Ja. – Eine Batterie. Eine aufladbare Batterie. Sie befindet sich in ihrem Bauch. Durch Betasten oder Drücken kann man sie nicht fühlen. Ich habe Wert darauf gelegt, daß die Technik nicht zu spüren ist. Das würde den Gebrauch der Dame für mein Empfinden etwas zu sehr beeinträchtigen.«

»Sie sind ja total verrückt!« Der Kommissar faßte sich an den Kopf.

»Vielleicht – aber nur ein bißchen. Sie haben festgestellt, daß diese Frau absolut lebensecht gestaltet ist, obwohl sie nichts anderes ist als eine Puppe. Was ihr fehlt, um sie noch lebensechter zu machen, ist die Körperwärme. So wie sie sich jetzt anfühlt, wirkt sie wie eine Leiche. Folgerichtig haben Sie sie auch für eine Leiche gehalten. Aber man kann sie erwärmen. Sie besitzt einen Kreislauf. Nicht aus Blut. Aus Wasser. Unter der Haut hat sie Adern. In denen fließt Wasser. So eine Art Zentralheizung, verstehen Sie. Das kann ich Ihnen nicht zeigen, die Leitungen sind, wie soll man sagen, ›unter Putz‹ verlegt. Aber herausholen kann man die Energiequelle: eine aufladbare Batterie für die Heizung und die Pumpe, die wie ein richtiges Herz arbeitet. Sie hat eine Speicherkapazität für ungefähr fünf Stunden, und man holt sie da heraus, wo bei einer richtigen Frau unter gegebenen Umständen die Kinder herauskommen.«

Unter den Blicken der nun wirklich fassungslosen Kriminalbeamten drückte Corduan der Frau die Beine auseinander und griff zu wie ein Geburtshelfer. Er wühlte sich mit dem rechten Arm bis in den Bauch hinein vor und hatte dort einige Zeit lang zu tun.

»Ich mache das heute erst zum zweiten Mal. Später wird es sicher schneller gehen. Wie gesagt, sie ist noch ganz neu. Ich habe sie erst gestern... Ah, da habe ich sie schon.«

Und er förderte eine ganz eindeutige Batterie zutage und reichte sie dem Gerichtsmediziner.

»Solche Dinger baut man bis heute einer richtigen Frau noch nicht ein. Aber was nicht ist, kann ja noch werden. Sind Sie nun überzeugt, daß dies hier keine Leiche ist? Stecken Sie doch auch mal Ihre Hand hinein, aber vorsichtig, damit Sie keine Drähte abreißen.«

Nach einigem Zögern tat es der Mediziner, und er begann den Kopf zu schütteln, unentwegt den Kopf zu schütteln.

»Das ist ja... das ist wirklich ein Ding! Menschenskind, so was hab ich noch nie gesehen.«

»Ist auch eine völlig neue Erfindung. Ein Prototyp sozusagen. Gibt es noch nicht auf dem Markt. Wird es wahrscheinlich nie geben. Zu teuer. Sie werden kaum schätzen können, was mich das Ding gekostet hat.«

Auch der Kommissar hatte nun seine Leichenscheu überwunden und befingerte die nackte Frau ausgiebig.

»Sagen Sie mal, wozu braucht man so was?« fragte er, indem er die wirklich tolle Elastizität des Busens prüfte.

»Zu so was zum Beispiel«, sagte Corduan. »Sie sind ja schon feste dabei.«

Der Kommissar zog rasch die Hand zurück. »Aber für den Preis kriegen Sie doch jede Menge echte, und zwar Spitzenklasse.«

»Stimmt. – Aber an solchen liegt mir nicht. Auch an völlig kostenlosen nicht. – Nicht mehr.«

2. KAPITEL

Die erste Nacht

Als er die Aachener Grenzkontrollstation endlich verlassen konnte, war es halb zwei. Mehr als drei Stunden hatte er mit dieser überflüssigen Untersuchung verloren. Die Puppe lag wieder im Kofferraum seines blauen Chevrolet Monte Carlo. Ein 78er Modell, an dem sein Herz hing, das er aber nur noch für auserwählte Fahrten benutzte. Es war ein Donnerstag, Ende Juli, brutale Sonne über der Autobahn und wieder mal ein Grund, sich über diese fabelhafte Klimaanlage zu freuen. Bei geschlossenen Fenstern, in weich gepolsterter Kühlbox hörte er über Recorder Tschaikowskis »pathétique«, »autoreverse«, immer wieder von vorn. Er war ein musikalischer Banause, benutzte Musik immer nur als Stimmungsgewürz. Auf der Höhe von Bremen wechselte er zu Dvořáks Sinfonie »Aus der Neuen Welt«. Bis Niebüll, wo er den letzten Autozug nach Sylt auf jeden Fall erreichen wollte, waren es günstigenfalls noch zweieinhalb Stunden.

Pit Corduan, alias Fritz Groß, war ein erfolgreicher, international bekannter Fotograf, das heißt, man kannte ihn in Kreisen, in denen man Fotografen kennt, aber keineswegs ein bemerkenswerter Mensch, auch wenn er sich selbst dafür hielt. Keinen Erzähler würde es reizen, über ihn einen Roman zu schreiben. Er gehörte zu jener Sorte von Leuten, die zwar dauernd in Romanen vorkommen, weil man sie eben braucht, die aber niemals eine Heldenrolle darin spielen. Er war in Düsseldorf zur Schule gegangen, hatte schon immer gern fotografiert und auch gefilmt. Eine Zeitlang war er mit einem spleenigen jungen Mann befreundet gewesen, der sich Ernst H.

Riga nannte und später, gegen seine ursprüngliche Absicht, Schriftsteller wurde. Mit ihm zusammen hatte Pit seine ersten Filme gedreht – nur so zum Spaß – und dann sein Hobby zum Beruf gemacht. In Bonn, wo er in der Argelanderstraße von seiner Tante eins dieser typischen Bonner Häuser geerbt hatte, machte er 1977 mit fünfundzwanzig Jahren ein kleines Studio für Werbefotografie und -film auf, von dem er nach der Fusion mit einem anderen Kleinproduzenten zunehmend besser leben konnte. Später verlegte er selber sich ganz auf die Modefotografie und machte sich damit einen Namen – Pit Corduan eben. Er hatte jeweils ein Atelier in Hamburg und Paris. In Keitum hatte er sich zwei Apartments, die Hälfte eines Hauses, gekauft. Das obere bewohnte er, wenn er sich mal zurückziehen wollte, das untere, luxuriös möbliert, ließ er an Feriengäste vermieten. Für hundertneunzig Mark pro Tag.

Als er hinter Flensburg, Ausfahrt Harrislee, die Autobahn verlassen hatte, um die Landstraße nach Niebüll zu nehmen, mußte er tanken. Er ließ Dvořák verstummen und stieg aus. Sofort das Gefühl, als sei er aus einer kühlen Landschaft in einen überheizten Innenraum gekommen. Es war halb neun am Abend, aber die schwüle Nachmittagshitze zeigte noch keinen Anflug von Schwäche. Er mußte warten. Ringsumher krochen verschwitzte Familienväter aus ihren Kochkisten. Ob er mal den Kofferraumdeckel öffnen sollte? Die Puppe lag nach der Zollkontrolle nicht mehr unter, sondern auf den Tannenzweigen. Schreie, entsetztes Zurückweichen. Mütter, die mit ihren Kindern vom Pinkeln kamen, würden die Kleinen an sich reißen. Eine Leiche! Und dann ganz lässig den Deckel wieder zuklappen, sich eine Zigarette anstecken und zum Fahrersitz zurückschlendern. Ob irgend jemand irgend etwas unternähme? Ob die nicht alle wieder in ihre Dosen kröchen, verstohlen tuschelnd, mit einem Gangster nichts zu tun haben wollten? Lieber nicht versuchen. Könnte immerhin sein, auch wenn es unwahrscheinlich war, daß irgendein aufrechter Staatsbürger etwas unternahm. (Papi, wir sind stolz auf dich!) Er war an der Reihe, tankte, zahlte und fuhr weiter.

Eine Besonderheit, immerhin, gibt es über Pit Corduan doch noch zu berichten. Er war ein Mädchensammler. Das sind zwar manche Männer, trotz feministischen Fahnenschwenkens, noch immer, aber bei ihm kam noch eine pikante Nuance hinzu. Er hatte bis heute nicht nur ständig seine Partnerinnen gewechselt, jeder, die Anstalten machte, sich an ihm festzusaugen, den Laufpaß gegeben, aber jede Liebe, von der ersten bis zur letzten nach der Prima nox in Gips verewigt. Er besaß eine komplette Sammlung von Gipsmasken aller Verflossenen. Bei jeder hatte er unerbittlich darauf bestanden, daß sie sich von ihm das Gesicht mit weißer Gipsquarkspeise dick zuschmieren und das Zeug auf sich trocknen ließ, bis man es abnehmen und die entstandene Hohlform ausgießen konnte. Jede Maske versah er auf der Rückseite mit dem Namen der Dame (von – bis). Nachdem er die Apartments in Keitum gekauft hatte, brachte er seine bis dahin in Pappkästen verwahrte Sammlung dorthin, um sie an den Wänden seines Schlafzimmers aufzuhängen. Er war sicher, daß er dorthin weder Mädchen noch Frau je bringen würde. Dort wollte er nur allein sein mit sich, umgeben von den Erinnerungen an seine Taten. Sein »Jagdzimmer« nannte er es. Er schlief in seinem »Jagdzimmer« unter den geschlossenen Augen seiner zur Strecke gebrachten Schönen. Mit achtunddreißig Jahren verging ihm plötzlich die Lust an neuen Eroberungen. Er war durch. Es gab keine weibliche Variante mehr, die ihn noch reizte. Auch fügte es sich, daß die Wände im Keitumer Schlafzimmer keinen freien Platz mehr hatten für auch nur eine weitere Maske. An einem besinnlichen Abend, eine Flasche Louis Roederer zur Seite, machte er Generalinventur der treibenden

Kräfte seines Geschlechtslebens. – Warum hatte er nicht geheiratet? Warum hatte er alle Versuche dauernder Annäherung zahlreicher Abdruckmodelle stets torpediert? Weil er, so sagte er sich nun in plötzlich aufbrechender Erkenntnis, ein Frauenfeind war, immer schon einer gewesen war. »Frauen sind immer noch dümmer als Männer, die dumm sind.« Schon kleine Mädchen hatte er nicht ausstehen können: piepsig, falsch, hysterisch, heimtückisch, dumm und eitel. Es hatte ihm Spaß gemacht, sie zu piesacken, wo es nur ging. Im ersten Schuljahr – das würde er nie vergessen, hatte er ein besonders dämliches Exemplar auf dem Kieker gehabt, die lächerlich verkleinerte Ausgabe einer ähnlich dämlichen Mutter. Eines Tages hatte er auf dem Heimweg eine herrlich große Brennessel mit dem Taschentuch abgebrochen und war damit auf die nackten Beine der kleinen Blödliesel losgegangen. Schreiend war sie davongelaufen, und er immer hinterher. Es wäre ihm ein Leichtes gewesen, die Fliehende zu erreichen und zu brennen, aber viel reizvoller war es, sie vor sich herzujagen, die Brennessel bis auf wenige Zentimeter der Haut zu nähern, so daß die Blöktrine sich schon fast gebrannt fühlte, dann aber doch wieder für ein paar Meter entkommen konnte, um erneut eingeholt zu werden. Eine abschließende Brennung war durchaus in seinem Plan, aber plötzlich verschwand die Kreischjule in einem Schrebergarten hinter einer Reihe von Stachelbeerbüschen. Und als er noch am Törchen stand und überlegte, ob er sie in dem Garten suchen solle, tauchte zornesrot der Dauerwellenkopf der dämlichen Mutter über den Stachelbeerbüschen auf. Sie schüttelte die Faust, was besonders bekloppt aussah, und schrie irgendwas von »Lehrer« und »Schule kommen« und »morgen beschweren«. Er lachte sein frechstes Lachen und stob von dannen. – Auf demselben Heimweg, in einem Park, den er dabei zu durchqueren hatte, sah er zwei Mädchen, die sich auf diese albern-ernste Mädchen-zu-Mädchen-

Manier unterhielten, die den Weibern bis ins hohe Alter erhalten bleibt. Er ging neben ihnen her und begann, sie nachzumachen: »Hä-pä-pä-pä – o ja – hi-pi-ri-pi! – popopo – pumpo.« Sie schauten ihn indigniert und verächtlich an. Im selben Augenblick aber wurde er an der Schulter herumgerissen. – Die dämliche Dauerwellenmutter! Sie war ihm gefolgt und hatte ihre Miniaturausgabe neben sich. Klatsch! hatte er eine Ohrfeige weg, und noch einmal wurde die Drohung ausgestoßen, daß er sich morgen in der Schule auf etwas gefaßt machen könne. Da lachten die Mädchen-zu-Mädchen-Ziegen vielleicht und bildeten sofort eine Gruppe mit dem anderen Gesindel, und er konnte sich nur noch verdrücken wie ein gerupfter Hahn.

Sein Mädchenhaß verhinderte freilich nicht sein frühes und unbezähmbares Interesse an ihren »Pipigeräten«, die er ernsthaft für besser konstruiert hielt als die männlichen. Kein Schwanz, den man sich im Reißverschluß einklemmen, keine Eier, die man sich scheußlich wehtun konnte. Er verstand überhaupt nicht, warum die Mädchen ihn so oft um seinen dämlichen Schwanz beneideten. Er wußte damals allerdings noch nicht, wozu der sich sonst noch gebrauchen ließ, aber auch später, als er über alles im Bilde war, hätte er als Schöpfergott eine verdeckte Lösung auch beim Manne entschieden bevorzugt. Stets fuhr er nur Wagen mit elektrisch ausfahrbaren Antennen. So was wäre doch auch beim Manne möglich gewesen. Keinen Sinn für elegante Lösungen hatte dieser Schöpfergott bewiesen. Oder – wahrscheinlicher – er hatte das Ding erst später dranmachen müssen, als er sich, wie es in der Bibel stand, genötigt sah, dem Mann eine Gefährtin zu erschaffen – aus der Rippe, wie man weiß. Der nachträgliche Anbau war eine gewisse Entschuldigung für diese Flickschusterei.

Frauen, sagte er sich mit nunmehr achtunddreißigjähriger Erfahrungsreife, sind einfach nicht zu ertragen.

Man kann mit ihnen nicht zusammenleben. Wahrscheinlich sind sie dafür auch nicht gemacht. Wie viele Tiere leben doch einsiedlerisch und kümmern sich einen Dreck um die Weibchen, zu denen es sie naturgemäß in Abständen immer wieder treibt. Die Ehe ist so etwas wie eine evolutionäre Perversion. Die Weiber haben es geschafft, die Männer, die von Hause aus argloser, gutmütiger und vertrauensseliger sind, an sich zu ketten. So ist das ganze Elend entstanden. Man muß das einfach einmal eingesehen haben, um sich als Junggeselle nicht minderwertig vorzukommen, wozu nicht der mindeste Grund besteht. Wirklich kluge Männer waren schon immer Junggesellen. Kant! Schopenhauer! Lichtenberg! Na bitte!

Hatte er aber wirklich Lust, so weiter zu machen wie bis jetzt? Es war überhaupt kein Problem, die Weiber reihenweise flachzulegen. Es war nie eins gewesen, und würde auch bei zunehmendem Alter keins für ihn sein. Nie war er ein »schöner Mann« gewesen. Klein, untersetzt, ein etwas klobiges Faunsgesicht. Wuscheliges Lockenhaar, aus dem er über der Stirn links und rechts jeweils eine Locke scheinbar unbeabsichtigt etwas herausstehen ließ – wie Hörnchen. Sein Geheimnis: das Faunische. Damit kam man immer an. Und dann natürlich als Fotograf sowieso, als Modefotograf, der Modellkarrieren begründen konnte. Jedes hübsche Mädchen ist bereit, sich dafür ficken zu lassen. Eine, die das trotzdem nicht tut, ist frühzeitig verkorkst worden und wird es sowieso zu nichts bringen als zu einem Ehemann und ehelichen Kindern. Kein Problem also mit Nachschub frischer Grabbelware. Aber – hatte er denn wirklich noch Lust? Mit der Zeit nervte ihn der Aufwand immer mehr. Früher hatte er manchmal noch selber gekocht, um mit seinen Fähigkeiten angeben zu können. Inzwischen war er längst zu schicken Abendessen in besternten Lokalen übergegangen. Aber auch das war öde, weil man sich dauernd mit den Inhaberinnen dieser schönen Körper und Gesichter unterhalten mußte. Und meistens sprachen sie nur von ihrer Karriere oder von Vater, Mutter und Geschwistern. Und diese elenden Frühstücke am nächsten Morgen, zu denen sie immer noch da waren und wieder schwatzten! Er war froh, wenn er sie endlich unter Gips hatte, so daß sie schweigen und sich nur aufs Atmen durch die engen Papierröhrchen in ihren Nasenlöchern konzentrieren mußten.

Es war öfter schon vorgekommen, daß er, allein im Keitumer Schlafzimmer, eine Maske von der Wand genommen und aufs Kissen neben sich gelegt hatte. Das Betasten eines solchen Gipsgesichtes, das von einer gut plazierten Lampe effektvoll angestrahlt war, hatte ihn vollkommen zufriedenstellend erregt. Allerdings vermißte er manchmal doch den Körper, und so reifte allmählich die Idee, sich eine Puppe machen zu lassen. Nicht so eine gnatschige aus Gummi mit aufgesperrtem Schnabel, sondern eine individuell angepaßte, absolut natürliche, und sie mußte der Frau gleichen, mit der er besonders gern geschlafen hatte. – Ilonka. Sie war ihm damals sofort eingefallen, ein wahnsinnig schönes, rasantes, geheimnisvolles Fotomodell. Sie hatte nie geschwatzt und geplappert, überhaupt wenig gesprochen, aber treffende Bemerkungen gemacht, ironisch, kühl, nie ganz zu durchschauen. Und im Bett war sie unvergleichlich gewesen. Nie hatte er eine Frau besessen, die erotischer stöhnte. Er hatte dieses Stöhnen einmal unbemerkt auf Band aufgenommen und es sich manchmal, wenn er Ilonkas Maske neben sich auf dem Keitumer Kopfkissen hatte, vorgespielt. – Ilonka also. Er besaß eine große Kollektion Aktfotos von ihr, auch sehr intime. Es müßte ohne weiteres möglich sein, nach diesen Fotos eine Figur herzustellen, die Ilonka vertreten konnte. Mit ihr dann im Keitumer Bett, und ihr Stöhnen dazu vom Band... Das perfekte Surrogat. Besser als das Leben. Das Künstliche, die Kunst, das ist überhaupt besser als die Natur.

»Die Kunst hat die Tendenz, wider die Natur zu sein.« Wer hat das doch gesagt? – Na, egal. In der Foto- und Werbebranche weiß man, wo man was bekommt. Julien de la Trémouille in Saint-Malo an der bretonischen Küste war ein Geheimtip für lebensechte Figuren. Er würde auch eine Sexpuppe herstellen können. – Nun lag sie in seinem Kofferraum.

Auch diese, zugegeben etwas exzentrische Passion würde aus Herrn Groß-Corduan noch keine lohnende Romanfigur gemacht haben. Einzig die erstaunliche Geschichte, die ihm – zufälligerweise – mit dieser Puppe auf Sylt passieren sollte, rechtfertigt die Ehre, die ihm nun zuteil werden soll.

Jetzt hatte er seinen Chevrolet in Niebüll über die Rampe auf den Autozug gefahren (Verladeschluß 21.18 Uhr), den Motor abgestellt und die Fenster heruntergelassen. Das war der Nachteil bei diesen Klimaanlagen: ohne laufenden Motor keine Kühlung. Er dachte an Ilonka – die künstliche, mit der er heute die erste Nacht verbringen wollte. Er war über ihre Technik hinlänglich informiert worden – hinlänglich, nicht eingehend. Das sei überflüssig, hatte la Trémouille gemeint. Wenn etwas nicht funktioniere, könne niemand als er die Sache wieder in Ordnung bringen. Bloß nicht selber zu basteln anfangen. Im Grunde genommen könne ja auch nicht viel kaputtgehen. Das Heizsystem, die Pumpe – ja vielleicht, aber frühestens nach tausend Betriebsstunden, und bis er die zusammenhabe... Etwas empfindlich sei der Mechanismus der Augenlider. Ilonka hatte ausdrucksstarke, braune Augen, aber sie waren natürlich aus Glas, und es konnte störend wirken, wenn sie einen, während man sie liebte, bewegungslos anstarrten. Durch leichten Druck auf beide Schläfen ließen sich die Augendeckel schließen – und wieder öffnen. Das lief auch über die Batterie im Bauch. Wollte man ihren Körper mal kühl haben und nicht erwärmt, mußte trotzdem die Batterie für den Lidmechanismus im

Bauch sein. Nicht versuchen, die Lider von Hand niederzudrücken! Sonst gab es eigentlich nichts, was man beachten mußte. Aufladen der Batterie, na klar. Es gab noch eine zweite, die man schon laden konnte, wenn die andere noch in Tätigkeit war. Man konnte Ilonka auch unter die Dusche stellen oder in die Badewanne legen, ihr die Haare waschen, alles. Sie war vollkommen wasserdicht. Nicht einmal die Batterie brauchte man dabei herauszunehmen. Pflegeleicht, eine ausgesprochen pflegeleichte Frau, haha!

Inzwischen hatte der Zug das Festland verlassen, war über Klanxbüll (diese vielen -bülls, die es hier gab: Klanxbüll, Klixbüll, Emmelsbüll, Sprakebüll...), an weidenden Schafen vorbei auf den Hindenburgdamm gelangt, einem Gegenzug mit heimkehrenden Urlaubern begegnet und, vorbei an Morsum und Keitum, im Westerländer Bahnhof eingelaufen. Es dauerte eine Weile, bis er als einer der letzten Wagen auf dem Zug über die Rampe gerollt war und nach rechts in die Keitumer Landstraße einbiegen konnte. Das Haus, in dem sich seine Wohnungen befanden, lag ziemlich versteckt am »Tipkenhoog«. Die Einfahrt genau gegenüber dem Keitumer Schwimmbad. Es waren zwei einander berührende Häuser mit jeweils vier Ferienwohnungen. Damals eine Gelegenheit, ein relativ günstiges Angebot. Er hatte rasch zugegriffen und die beiden linken Wohnungen im linken Haus gekauft. Er hätte auch noch die beiden rechten kaufen sollen, sagte er sich heute. Dann könnte man alle vier Wohnungen vereinigen und hätte einen schönen, großzügigen Alterssitz. Alterssitz! Er war doch überhaupt noch nicht alt! Ob es der Verzicht auf lebendige Frauen war, der ihm diesen Gedanken eingab?

Er fuhr bis vor die Haustür, stieg aus und sah sich um, ob niemand aus einem der Fenster schaute. Dann öffnete er den Kofferraum und wickelte Ilonka, deren Beine in angewinkelter Stellung eingerastet waren, in die grüne Decke. Aber bevor er sie heraushob, war es doch besser, erst die gläserne Haustür zu öffnen und dann im ersten Stock die Etagentür. Dann konnte er zügig hinaufsteigen, und die Gefahr, einem Bewohner zu begegnen, war weniger groß. Er schaffte es, legte sie auf sein breites Bett im »Jagdzimmer« und ging dann wieder hinunter, um seine Koffer auszuladen und den Wagen auf den Parkplatz zu stellen. Als er beladen die Treppe wieder hinaufstieg, war die rechte Tür im oberen Stockwerk geöffnet. Marion stand darin in einem Hausanzug von radikaler Buntheit, Marion Harkelo, Malerin aus Berlin und Inhaberin der Nachbarwohnung.

»Hey, Nachbar«, sagte sie. »Auch mal wieder reif für die Insel?«

»Sieht so aus«, sagte er und setzte die Koffer ab.

»Und? – Nicht zu müde für einen Willkommensdrink?«

»Entschieden zu müde, müssen wir auf morgen verschieben. Ich hau mich sofort in die Falle. Endlose Fahrerei. Direkt aus Frankreich in einem Rutsch.«

»Neue Masken im Gepäck?« fragte sie süffisant und zeigte auf seine Koffer.

»Keine einzige. Die Sammlung ist komplett.«

»Oh! – Du willst doch nicht etwa heiraten?«

»Davor bewahre mich der Himmel.«

Er schloß die Wohnungstür auf. Gut, daß er sie geschlossen hatte. Marion wäre sonst ohne weiteres hereinspaziert.

»Tja«, sagte sie und spielte die resignierende Schöne, »dann muß ich meine Witwe wohl allein begraben.«

»Was für eine Witwe?«

»Witwe Klickklack – aus Reims. – Na, nicht doch Lust auf einen Schluck?«

»Non, Madame, außerdem stehe ich schon längst nicht mehr auf Witwen.«

»Wohl mehr auf hübsche Jungen? Bedaure. Leider habe ich keinen spritzigen Louis, keinen Charles oder Laurent auf Lager.«

»Ist auch besser so. Ich darf mich heute nicht mehr strapazieren. Good night, Marion, so long.« Er hob die Koffer auf, nickte ihr zu und verschwand in seiner Wohnung.

Eine nicht im geringsten unhübsche Blondine, Mitte Dreißig, guterhalten und wohlgeformt, schon seit Jahren seine Nachbarin in Keitum. Eine Maske von ihr hing im »Jagdzimmer«, aber das war ein freundschaftlicher Jux. Nie war sie seine Beute gewesen. Marion schlief nur mit Mädchen.

Ein bißchen was trinken zur Einstimmung? Warum nicht. Einen Handvorrat Louis Roederer bewahrte er immer im Kühlschrank auf. Keine Lebensmittel. Nicht mal Konserven. Er haßte Konserven. Wenn er nach Keitum kam, kaufte er alles frisch, und wenn er abreiste, warf er die Reste in den Müll. Er hatte keinen Hunger heute abend. Aber ein Schluck würde ihm guttun.

Sie lag nackt auf seinem Bett, die Augenlider geschlossen. Er saß neben ihr, den Sektkelch in der Hand, gedämpftes Licht, Sinfonie Nr. VII h-Moll (pathétique) – schon wieder. Ringsum an den Wänden die bleichen Masken. Einige lächelten. Es war ihm bisweilen gelungen – allerdings nur selten – Mädchen zu bewegen, ein Lächeln aufzusetzen, wenn er sie zuschmierte. Schlürfend genoß er diese ungeheure Ballung von Künstlichkeit und Kitsch. Er griff Ilonka zwischen die Beine, schaltete die Batterie ein und wartete, daß sich ihr Körper erwärmte. Eine in jeder Hinsicht vollendete Puppe. Ihre Glieder waren mühelos in jede gewünschte Stellung zu bringen, und wenn man einen sanften Druck auf das jeweilige Gelenk ausübte, rastete es in dieser Position sofort ein. Man konnte sie also ganz vernünftig hinsetzen, ohne daß sie sofort zusammensackte, wenn man sie losließ. Ihre Oberfläche faßte sich wie zarte, glatte Haut an, und jetzt, da sie langsam wärmer wurde, entströmte ihr sogar ein natürlicher Duft. Wie die das wohl hingekriegt hatten? Keine Spur von Kunststoff- oder Gummigestank. Ihre Brüste waren fest und nachgiebig zugleich, absolut naturgetreu. Wenn sie gehen könnte, hätte sie einen aufreizenden Tittenschlag. Ihre schwarzen Schamhaare standen buschig oberhalb der Spalte und waren rechts und links der Lippen akkurat rasiert. – Unsinn! Da waren ja nie welche gewachsen. Man erlag eben sofort diesem fabelhaften Realismus. Ob er ihr Kleider kaufen sollte? Könnte doch reizvoll sein, ihr einen Büstenhalter an- und auszuziehen, sie ganz verschieden zu drapieren wie eine Schaufensterpuppe. Mal sehen. – La Trémouille hatte angefragt, ob er eine Grundausstattung für sie mitliefern solle. Er hatte darauf verzichtet. Aber lächerlicherweise hatte man in die Zubehörtasche, in der Ersatzbatterie, Ladegerät, Stecker, Kabelröllchen, spezielle Reinigungsbürsten und die Gebrauchsanweisung steckten, eine eindeutig weibliche Brille mit elegantem, schwarzem Gestell getan. Die war doch wohl für Ilonka gedacht. Komische Idee. Nackte Frau mit Brille. Er setzte sie ihr versuchsweise auf und drückte an den Schläfen die Augenlider hoch. Stand ihr nicht schlecht, wirkte verrückterweise sogar sexy, was bei den wenigsten Frauen sonst der Fall ist. Er zog sich aus und warf sich auf sie. Offenbar bewirkte seine Körperlast auf ihr, daß sich ihre beiden Arme auf seinen Rücken legten. Mühelos drang er in sie ein, und es schien ihm, als sei ihre Muschi naß geworden. Er faßte hin: jawohl, naß. Die hatten an alles gedacht. Mußte wahrscheinlich öfter mal nachgefüllt werden. Und die Batterie und die Kabel: Ob er nicht – an empfindlicher Stelle – einen gewischt kriegte, wenn er da zu nahe drankam? Bevor dieser Gedanke ihn ernüchtern konnte, gab er Gas.

Er glitt heraus und lag schnaufend neben ihr. In den frühen Morgenstunden würde er wahrscheinlich noch mal Lust auf sie kriegen. Und dann würde es ihm sicher angenehmer sein, wenn sie sich kühl anfaßte. Also die

Batterie abschalten. Mußte er sowieso. Wenn die stundenlang heizte, war sie morgen leer. Aber da gab es doch noch eine Sparschaltung. Er stand auf und holte sich die Gebrauchsanweisung ins Bett. – Richtig. Man konnte die Heizung gesondert ausschalten – durch einen Druck auf den Bauchnabel. Er faßte hin, fühlte dort einen kleinen Knubbel und drückte ihn nieder. Das war es. Die Augenlider ließen sich jetzt immer noch elektrisch betätigen. Er löschte das Licht und drehte sich auf die Seite. Schöner Gedanke. Ilonka würde ihm weder Decke, noch Kissen streitig machen während der Nacht. Sie würde liegenbleiben, wie sie lag. – Ob jetzt wohl die ganze Ladung wieder aus ihr herauslief und aufs Bettlaken tropfte? Egal, völlig egal. Einen Stöpsel gab es jedenfalls nicht in der Zubehörtasche.

3. KAPITEL

La femme machine

Er schlief durch bis neun Uhr. Sonnenschein fiel durch die zart gestreiften Vorhänge. Ilonka lag, wie er sie hatte liegenlassen. Die Augen waren geschlossen. Nein, er hatte jetzt doch keine Lust. Erst Kaffee trinken. Und frische Brötchen! Selten kam er sonst dazu, sich frische Brötchen zu besorgen. Bevor er gestern eingeschlafen war, hatte er Ilonka zuerst noch fürsorglich mit einem Teil der Decke bedeckt. Während der Nacht hatte er sie ihr natürlich im Schlaf fortgezogen. Also lag sie jetzt nackt. Bevor er sich ankleidete, um zum Bäcker zu laufen, zog er die Decke wieder über sie. Übrigens war sie dicht geblieben. Nichts war herausgekleckert. Präzision, jawohl, das konnte man sagen. Pit Corduan war zufrieden.

In »Deckers Backstube« mußte er warten. Morgenfrohe Urlauber kauften ein. Das letzte Croissant wurde ihm vor der Nase weggekauft. Also nur Sesambrötchen, Mohnbrötchen und sonst nichts. Halt, ja, Konfitüre. Und dann bekam er Lust auf Käse und Wurst und mußte noch die C.-P.-Hansen-Allee runterlaufen zu SPAR-Christiansen. Als er dort gezahlt hatte, stellte er fest, daß er gemahlenen Kaffee vergessen hatte – und die Butter. Noch mal zurück, nochmals zur Kasse. Bloß nicht ärgern! Er hatte doch Zeit, wahnsinnig viel Zeit! Was wollte er überhaupt den ganzen Tag anfangen? Wieder und wieder Ilonka ficken, im Liegen, im Sitzen, von vorn, von der Seite, von hinten...? Von hinten. – Er würde sie nach dem Frühstück mal von hinten nehmen. Sie: vor dem Bett breitbeinig stehend und mit den Armen auf der Matratze aufgestützt, er dahinter. Ob das ging? Ob sie da nicht umfiel? Ausprobieren. Es hatte eine Zeit gegeben, in der er die Frauen fast ausschließlich von hinten genommen hatte. Das war damals, als er viel ritt und sich oft in Pferdeställen aufhielt. Dieser erotische Pferdegeruch! Es trieb ihn, immer wieder den Hengst zu machen. Am liebsten wäre er auf ein Leiterchen gestiegen, um eine echte Stute zu vögeln. Aber man war ja nicht sicher, ob das Biest nicht nach hinten austrat und einen mit seinem Leiterchen umwarf. Außerdem würde eine echte Stute wahrscheinlich mit ihm unzufrieden sein, weil er die gewohnte Füllung nicht zu bieten hatte. So nahm er statt dessen die Frauen als Stuten. Ein befreundeter Chemiker hatte ihm was gemixt, das genau wie Stute roch, womit er den Damen den Hintern parfümieren konnte. Ging leider nur schwer wieder ab, und die Stinkepferdchen blockierten hinterher oft endlos sein Badezimmer. Wo war das Zeug bloß geblieben? Sehr wahrscheinlich inzwischen total zersetzt und nicht mehr zu brauchen.

Die Keitumer Wohnung bestand aus einem winzigen Flürchen, einem großen Wohn- und Eßraum, einer kleinen, praktischen Küche, dem Bad und dem Schlafzimmer. Die Wände im Wohnzimmer waren bis unter die Decke voller Bücher. Wenn überhaupt, kam er nur hier zum Lesen und hatte deshalb alles, was er besaß, hierher geschafft: Lexika, Sachbücher über Technik, Geschichte, Psychologie, Fotobände, Erotika und ein paar Romane. Einen Fernseher hatte er natürlich auch, Videorecorder und einen Stapel Kassetten. Die Stereoanlage befand sich im »Jagdschlafzimmer«.

Er ging mit seinen Frühstückseinkäufen sofort in die Küche und machte sich ans Kaffeekochen. – Eier wären gut gewesen. Hätte er kaufen sollen. Hatte er aber nicht. Jetzt bekam er wahnsinnige Lust auf ein frisches Frühstücksei. Jetzt noch mal losrennen? Wasser und Kaffeemehl hatte er schon in die Maschine gefüllt. Es begann bereits zu gluckern. – Übrigens war auch keine Sahne da. Kaffee ohne Sahne? – Nein. Also doch nochmals losgehen. Bis dahin war der Kaffee wenigstens durchgelaufen, und das Ei konnte er dann, zwar entgegen seiner Gewohnheit, zum Schluß essen. Er verließ die Wohnung zum zweiten Mal an diesem Morgen. Auch eine Zeitung konnte er sich dann mitbringen. Ilonka würde ihn nicht stören bei ausgedehnter Lektüre. Ein weiterer Vorteil einer künstlichen Frau.

Zur Abwechslung nahm er diesmal einen etwas anderen Weg, ging erst ein Stück »Am Kliff« und bog dann in den »Weidemannsweg« ein. – Sylt. – Da stellte sich doch bei jedem die Vorstellung des Strandes an der Westküste ein: Westerland, Wenningstedt, Kampen. Nie im Leben hätte er sich dort je ein Haus gekauft. Westerland, ein Proletenkaff, wohin all diese Untermenschen mit dem Sylt-Aufkleber auf dem Auto fuhren. Peinlich, überhaupt zu erwähnen, daß man nach Sylt reiste. Kampen war auch nicht gerade eine Empfehlung. Verblichener Glanz. Heute kamen nur noch die dahin, die nicht mitgekriegt hatten, daß man da jetzt nicht mehr hin mußte. Aber Keitum! Das Wattenmeer! Die bewachsenen Steinwälle um die Gärten, die Reetdachhäuser, die es freilich auch anderswo gab, aber die Bäume, diese herrlichen Ulmen, die das Örtchen behüteten, bedachten. Wenn im Winter auf der ganzen Insel die totale Tristesse ausbrach, wurde es hier erst richtig gemütlich. Viele Jahre hindurch hatte er stets die Sommer gemieden, war im Spätherbst, Winter oder Frühjahr dagewesen. Im Sommer war es hier natürlich viel zu eng. Überall quetschten sie sich mit ihren Autos durch. Auf dem »Gurtstich«, der Straße nach Archsum und Morsum war kaum ein Durchkommen. Und dazwischen immer wieder Kolonnen von Reitern, die vom Stall kamen, zum Stall ritten. Eine Umgehungsstraße, längst geplant, wurde angeblich von irgendeinem Ziegenbauern verhindert, der sich an einer Wiese festkrallte. Nein, im Sommer durfte man eigentlich gar nicht kommen. Hätte er auch diesmal nicht getan. Aber nun hatte er eben die neue Puppe, die er in Ruhe ausprobieren wollte. Hoffentlich störte ihn gleich nicht Marion, die bestimmt bald ihren ganzen Klatsch loswerden mußte.

Vor der Haustür wollte er den Schlüssel aus der Jakkentasche ziehen, aber er war nicht da. Vergessen? Zum Glück hatte keiner die Tür wieder abgeschlossen. Er kam also rein. Aber die Wohnungstür... Jetzt würde er – Scheiße, verdammte – bei Marion klingeln und den Ersatzschlüssel... Aber nein, der Schlüssel steckte von außen. Den hatte er also bei seiner ersten Rückkehr heute morgen stecken lassen. Kaffeeduft in der Wohnung, einladend, als sei er hier zu Gast. Die Kaffeemaschine war abgestellt, der gläserne Behälter leer. – Wie das? Alles auf den Boden geflossen, und dann Kurzschluß...? Nein. Er ging in den Wohnraum. Da war der Tisch gedeckt: Kaffee in der Isolierkanne, Teller, Tasse, Butter in der Dose, Wurst und Käse auf einer Platte, die er dafür sonst nicht benutzte. – Marion! Hatte dieses Biest doch gesehen, daß sein Schlüssel steckte, vermutlich geklingelt, dann geöffnet, reinmarschiert, gerufen, an die Schlafzimmertür geklopft, aufgemacht – und ausgiebig Ilonka inspiziert. Dann hatte sie – fürsorglich! – den Tisch gedeckt und war wieder verschwunden. Eigentlich fehlte noch ein Heckenröschen im Väschen auf dem Tisch. Da hatte die Zeit wohl nicht mehr gereicht. Wahrscheinlich hat sie noch überlegt, ob sie den Schlüssel abziehen und mitnehmen sollte, aber dann gefunden, daß es so besser sei.

»Marion!« rief er, halb zweifelnd, ob sie sich nicht doch vielleicht irgendwo versteckt habe. Und noch einmal »Marion!«

»Eiße isch Marion?« fragte eine weibliche Stimme mit französischem Akzent links hinter ihm.

Er fuhr herum. Im Sessel in der Ecke saß eine Frau, die seinen Bademantel trug. Sie hatte ein Bein über das andere geschlagen und wippte mit dem nackten Fuß. Er hielt den Eierkarton noch immer in den Händen und kam auch nicht darauf, ihn abzustellen. Sein Mund stand offen. Er sah absolut schwachsinnig aus vor Überraschung. Nach der ersten Schrecksekunde fuhr es ihm durch den Kopf: Marions neue Freundin! – Sie machten sich einen Scherz. Rache für die gestrige Kurzangebundenheit.

»Sie… Sie…« stammelte er.

»Kennst du misch gar nischt? – Ast du gestern nur gekuckt auf meine Muschi und sonst gar nischts?« – Und als er kein Wort herausbrachte und nur dastand und den Eierkarton festhielt, fragte sie: »Es ist doch rischtisch, was isch sage: ›meine Muschi‹? Das ier eißt doch so, nischt wahr?« Sie schlug den Bademantel auseinander. »Du mußt misch korrigieren, wenn isch etwas Falsches sage. Isch lerne erst seit drei Wochen.«

Sie sah völlig aus wie Ilonka. Jetzt erst merkte er es. Aber was wurde denn hier gespielt? Ein ganz dicker Bär sollte ihm aufgebunden werden, so viel war klar. Es rotierte in seinem Kopf. Ilonka war einem Fotomodell nachgebildet worden, bis in alle Einzelheiten. Die hieß eigentlich… Moment!… vergessen. Egal. Aber die wußte nichts davon, daß sie abgekupfert worden war. Hätte sonst womöglich Tantiemen verlangt. La Trémouille, dieser Schalk, der hatte das alles arrangiert. Das echte Modell aufgetrieben und instruiert und… Oder Kelle Ketelsen, sein Kompagnon in Hamburg, war doch hinter die Geschichte mit der Sexpuppe gekommen. Na, wie auch immer. Dies hier war auf jeden Fall das Original. Und wahrscheinlich war Marion eingeweiht. – Klar. Die war doch sonst nie im Juli hier. – Mann! Das hatte ihn aber vielleicht umgehauen.

»Sagen Sie mal…« sagte er, nun plötzlich ganz cool, und stellte den Eierkarton neben sich auf den Tisch, »wie sind Sie bloß hier reingekommen?«

»Gestern abend. Isch war plötzlisch in deinem Bett. Du ast meine Batterie eingeschaltet. Und dann ast du misch gefickt. Oder gebumst? Oder gevögelt? Was ist besser? Isch kenne nur diese drei Wörter von Monsieur la Trémouille. Er at mir Deutsch beigebracht. Du weißt es sischer besser. Isch will von dir lernen.«

Pit rannte rüber ins Schlafzimmer. Das Bett war leer. Auch im Kleiderschrank steckte keine Puppe. Im Badezimmer auch nicht.

»Was suchst du denn?« rief sie hinter ihm her. »Isch bin doch ier. Isch bin aufgestanden und abe den Tisch gedeckt. War das falsch? Isch muß es erst lernen.«

Er kam zurück und baute sich vor ihr auf.

»Also jetzt machen wir mal Schluß mit dem Quatsch. Eben ist mir wieder eingefallen, wie du heißt. Eigentlich heißt du Martina, bloß als Fotomodell nennst du dich Ilonka. Ich habe dich ziemlich oft fotografiert, mit dir geschlafen und eine Gipsmaske von deinem Gesicht abgenommen, hängt drüben in der Sammlung, alles klar, aber sonst haben wir nichts mehr miteinander, und ich habe auch keine Lust, wieder was anzufangen. Wer hat sich das denn ausgedacht? Wer hat dich hierhergeschickt?«

»Keiner. Du ast misch mitgenommen in deinem Kofferraum.«

»Und ich soll dir jetzt glauben, daß du eine Puppe bist!«

»Doch. Ja. Aber nischt so, wie du meinst. Isch bin ein Androide – ah nein! – eine Androidin! Isch bin ja zur Zeit eine Frau.«

Pit Corduan amüsierte sich. Dieser Streich war zwar perfide, aber doch verdammt gut inszeniert. Den französischen Akzent brachte Martina perfekt. Er hatte gar nicht gewußt, daß sie so viel schauspielerisches Talent besaß. Sogar ihre Stimme war völlig anders, wenn er sich noch richtig erinnerte. Mal sehn, was sie sonst noch so auf Lager hatte. Irgendwann mußte sie sich ja mal in einen Widerspruch verwickeln. – Er setzte sich an den Tisch und schenkte sich eine Tasse Kaffee ein.

»Soso. Zur Zeit bist du eine Frau. Und morgen früh verwandelst du dich wohl in einen Mann?«

»Nein, so schnell nischt. Isch bin schon mal ein Mann gewesen. Aber sie waren nischt zufrieden damit.«

»Wer?«

»Monsieur la Trémouille und die anderen, die du nischt kennst. Sie aben für misch dann einen weiblischen Körper gemacht.«

»Ach! Warum das denn?«

»Wegen deines Auftrages. Du wolltest eine Frau und keinen Mann.«

»Und wenn ich eine Frau gewesen wäre und einen Mann hätte haben wollen, was dann?«

»Dann ättest du eine Puppe gekriescht mit einem steifen Schwanz, aber das Experiment mit dem Androiden ätten sie verschieben müssen.«

»Wieso?«

»Weil sie es nischt schafften mit dem Schwanz. Entweder er war immer steif oder immer schlaff. Eine Muschi, die naß wird, war einfacher.«

Wie haben sie das wohl geschafft, fragte sich Pit, Martina so total neu zu programmieren? Die hätte früher doch niemals so schnoddrig von steifen Schwänzen und nassen Muschis geredet. Die war ja durchaus nicht frigide, aber sprachlich hatte sie eine enorme Hemmschwelle gehabt. Niemals aussprechen, was man hatte und was man damit tat. Er war jetzt sehr gespannt, wohin dieses Gespräch letzten Endes führen sollte.

»Das leuchtet ein«, sagte er und schnitt ein Brötchen auf. »Sag mal, willst du eigentlich überhaupt nicht frühstücken? Weshalb hast du denn nur für eine Person gedeckt?«

»Androiden essen nischt. Wozu auch? Sie aben doch eine Batterie im Bauch.«

»Klar. Das hätte ich fast vergessen.« Er bestrich die eine Hälfte des Brötchens mit Butter und dachte nach. »Aber wenn ich nun mal mit dir ausgehen will, und der Ober im Restaurant legt dir die Karte vor, sagst du dann auch ›Androiden essen nischt‹?«

»Nein, dann esse isch natürlisch.«

»Aha! Also das kannst du wenigstens.«

»Ja. – Aber es kommt ganz unverdaut unten wieder raus. Isch abe keinen Magen und keinen Darm.«

Pit wollte gerade trinken, aber er setzte die Tasse wieder ab. »Unten raus? Wie bei einer Babypuppe? Da mußt du ja Windeln tragen, um nicht alles zu versauen.«

Sie verzog keine Miene, sondern antwortete prompt: »Isch brauche keine Windeln. Isch kann aufs Klo gehen.« – Nun stand sie plötzlich auf, etwas ungelenk und schwankend, hob den Bademantel hoch und zeigte auf eine Stelle mitten auf der linken Pobacke. »Isch abe eine kleine Pumpe, und wenn isch ier drücke, wird alles abgesaugt und rausgedrückt. Ganz einfach.« – Sie drückte, und es gab ein leises, surrendes Geräusch. Pit sprang auf.

»Keine Angst. Ist ja nix drin jetzt.« Sie drückte ein zweites Mal, und das Surren verstummte.

Wie funktionierte das denn? Mit dem Mund machte sie das Surren jedenfalls nicht. Wahrscheinlich hatte sie einen Recorder in seiner Bademanteltasche stecken, den sie unbemerkt schaltete. Er setzte sich wieder hin, entschlossen, diesen irrsinnigen Dialog fortzusetzen.

»Monsieur la Trémouille ist wirklich ein spendabler Mann. Ich bestelle bei ihm eine Sexpuppe mit Warmwasserheizung, und er liefert mir eine automatische Frau, die sprechen kann und laufen und essen und scheißen. Du bist doch bestimmt das teuerste Modell, das es überhaupt gibt. Ich hab zwar viel blechen müssen für dich, aber so gesehen bist du ja geradezu geschenkt. Oder hat man dich vielleicht verwechselt?«

»Nein, nischt verwechselt. Isch bin speziell gemacht für disch.«

»Aha. – Dann werde ich doch mal gleich anrufen und fragen, was sie sich dabei gedacht haben.«

Darauf antwortete sie nichts. Was nun? Wirklich anrufen und sich womöglich auslachen lassen, weil man auf einen Scherz reingefallen war? Ach was. – Es gab eine viel einfachere Methode, um nachzuweisen, daß hier Martina saß und kein Automat. Die Batterie. Er brauchte ja bloß die Hand in sie hineinzustecken, um festzustellen, ob sie eine Batterie im Bauch hatte. Wie weit Martina wohl mit ihrem Täuschungsmanöver gegangen war? Ob sie sich tatsächlich eine Batterie hineingezwängt hatte, die immerhin etwa die Größe eines Telefonhörers hatte? War diesen Weibern alles zuzutrauen. Er hatte mal in einem Sex-Kabarett eine Nummer gesehen, in der eine Frau erst mit Kerzen anfing und zum Schluß einen ausgewachsenen Dackel zwischen den Beinen verschwinden und nach eindrucksvollem Orgasmus wieder herauskommen ließ. Er war sich allerdings nicht ganz sicher, ob das nicht ein Zaubertrick gewesen war.

»Warum sagst du überhaupt nichts mehr? Ist deine Platte abgelaufen?«

»Isch warte, ob du telefonierst. Oder ob du lieber misch fragen willst.«

»Na gut. Dann sag mir einmal, warum ich statt einer schönen, stummen Gespielin einen geschwätzigen Automaten bekommen habe.«

»Monsieur la Trémouille hat gedacht, daß du ein guter Lehrer sein kannst für einen Androiden-Prototyp. Isch bin schon ziemlisch gut programmiert, aber ein Neuralnetz-Computer muß immer weiter lernen. Isch mußte jetzt aus dem Labor ins Leben, und Monsieur la Trémouille meinte, jemand, der keine lebendigen Frauen mehr leiden mag, at sischer Spaß an einer künstlischen Frau, die er anschalten kann und abschalten, wie er will.«

»Fabelhafte Idee! Aber warum hat er mir das nicht gesagt? Man legt doch keinem einen teuren Androiden in den Kofferraum, ohne zu wissen, ob der den auch haben will. Wenn ich dich nun einfach kaputtmache, weil du mir auf den Wecker gehst, was dann?«

»Monsieur la Trémouille weiß, daß du das bestimmt nischt tun wirst.«

»Hat er sich gedacht, daß ich dich jetzt so einfach für immer bei mir behalte? Was hast du eigentlich für eine Lebensdauer?«

»Das weiß noch keiner so genau. Aber meinen Neuralnetz-Computer kann man ausbauen und die Software kopieren und einen neuen Androiden bauen. Eigentlisch bin isch unsterblisch. Aber isch werde auf keinen Fall immer bei dir bleiben. Wenn isch nix mehr von dir lernen kann, gehe isch woanders in.«

Allmählich reichte es ihm. Es war natürlich ganz reizvoll, Martina noch ein Weilchen automatische Frau spielen zu lassen, um zu sehen, was ihr so alles einfiel, aber Pit wollte jetzt wissen, wer sich das ausgedacht hatte, und vor allem, wann und wie Martina in die Wohnung gekommen war.

»Gut und schön«, sagte er, »aber du kannst nicht erwarten, daß ich stundenlang diesen Unsinn mitmache. Solche Androidinnen, wie du eine sein willst, gibt es nur in Science-Fiction-Romanen, die alle ziemlich weit jenseits vom Jahr 2000 spielen. Die A.I.-Forschungen – Artificial Intelligence, ich weiß nicht, ob du Englisch kannst, also die sind heute allenfalls so weit, daß sie einem Computer lautes Lesen beibringen können. Ich kenne mich da zufällig ein bißchen aus. Man reißt die Klappe meterweit auf, aber raus kommt nicht mehr als ein kleiner Rülpser. Wenn überhaupt je was draus werden soll, dauert das garantiert noch ein paar zig Jährchen. Ich aber wache plötzlich morgens auf und habe einen Androiden in der Wohnung, den man mir einfach so untergeschoben hat. Noch nie was davon gehört, noch nie was gelesen, daß es das jetzt gibt, daß die jetzt anfangen, hier herumzulaufen. Ist ja gut, Martina, ist ja gut...«

Die Frau hatte angefangen, im Sessel hin und her zu wackeln. Sie machte den Mund auf und zu, aber es kam kein Ton raus.

»Was ist denn mit dir? Was haste denn? Kriegst du einen Anfall oder was?«

Nun sackte sie im Sessel zusammen, der Kopf fiel auf die Schulter, die Arme rutschten zu beiden Seiten über die Sessellehnen hinab. Pit sprang zu ihr hin und beugte sich über sie. Aus toten Augen glotzte sie ihn an. Was sollte er jetzt mit ihr machen? – Wiederbelebungsversuche? – Quatsch! Die spielte das doch bloß: Androidin bei Stromausfall. Er prüfte trotzdem nach: Puls? Nix. – Atmung? Null. Wenn die das so perfekt spielte, durfte sie sich nicht wundern, wenn er mal nachsah, ob sie nicht doch eine Batterie im Bauch hatte. – Er schob ihr die Beine auseinander. Sie sah da unten genau so aus wie Ilonka, schamhaargenau. Und die Batterie war tatsächlich drin...

4. KAPITEL

Die beiden Uhrensammler

Pit Corduan zitterte. Genaugenommen zitterten seine beiden Hände. Aber dieses Zittern pflanzte sich in den Armen fort und reichte bis zu den Schultern. Tremolierend hielt er die Batterie zwischen Ilonkas Schenkeln. Ein zweiadriges Kabel, das mit einem Stecker in die Batterie führte, verschwand am anderen Ende in der Scheide. Kein Zweifel, die künstliche Frau war echt. Sie hatte gesprochen, sie hatte sich bewegt.

»Du bist übergeschnappt. Du bist total verrückt geworden. Du spinnst am hellichten Tag. Das gibt es doch nicht! Das gibt es doch nicht!«

Eine beträchtliche Weile lang fiel ihm nichts anderes ein. Er murmelte immer wieder dasselbe vor sich hin. Er war nicht fähig, zu denken, und wartete darauf, daß endlich dieses blödsinnige Zittern aufhörte. Schließlich zog er den Stecker aus der Batterie, erhob sich aus seiner hockenden Stellung und wackelte zum Tisch, zog einen Stuhl heran und ließ sich darauf fallen. Man müßte sich Klarheit verschaffen. Man müßte ausprobieren, ob das Ding mit frischer Ersatzbatterie wieder anfangen würde sich zu bewegen und zu reden. Kaum hatte er das gedacht, hatte er auch schon wieder Angst davor. Bloß nicht! Er wußte nicht, ob er es überleben würde, wenn sie ihren Kopf hob, die Arme auf die Sessellehnen zog. Jetzt hing sie da wenigstens wie eine haltlose Schaufensterpuppe. Ihre Augen waren weit geöffnet, das war scheußlich, wenn man wußte, daß sie ihn damit noch eben absolut natürlich angeschaut hatte. Aber man durfte sie ja nicht zudrücken, sonst ging der Mechanismus kaputt. Und wenn er die neue Batterie anschloß, dann lebte sie ja wahrscheinlich schon wieder.

Schließlich entschloß er sich, bei la Trémouille in Saint-Malo anzurufen. Mal hören, was der sagte. Wahrscheinlich wartete er schon auf seinen Anruf. »Na, wie gefällt Ihnen denn meine Androidin? Funktioniert doch, wie? – Tja, das war wohl 'ne Überraschung.« – Oder aber er stellte sich zunächst mal dumm und wartete ab, was ihm berichtet wurde. – Auf Französisch meldete sich der Anrufbeantworter. Keiner da, und die Aufforderung, eine Nachricht zu hinterlassen. Er legte wieder auf.

Inzwischen war es halb zwölf geworden. Es war ihm klar, daß überhaupt kein Weg daran vorbei führte, die Puppe noch einmal unter Strom zu setzen. Aber im Augenblick war er dazu nicht fähig. Erst mal Abstand gewinnen, über den ganzen Quatsch nachdenken. Er hatte Verlangen nach einem längeren Spaziergang. Nein, nicht ans Watt und auch nicht über einsame Feldwege in Richtung Morsum. An den Strand, an die Westküste!

Er trug die Puppe hinüber ins Schlafzimmer, legte sie ins Bett und versteckte sie unter der Decke. Sie verhielt sich genau so wie vor ihrer Belebung und fühlte sich völlig kalt an. Dann steckte er die Batterie aus ihrem Bauch in das Ladegerät, zog Pullover, Jeans und Sandalen an und verließ die Wohnung. Vor dem Haus lief er prompt seiner Nachbarin in die Arme, die mit zwei vollen Taschen vom Einkaufen kam. Er hielt ihr die Tür auf, um sie eintreten zu lassen und loszuwerden, aber seine Bemerkung »Oh, mächtig eingekauft!« veranlaßte Marion, vor der Treppe erst mal die Taschen abzustellen und wieder zu ihm rauszukommen. Ja, eingekauft, das hatte sie, das mußte sie wohl, denn heute abend kam Renate, ja Renate kam, die schon letzte Woche hatte kommen wollen, aber erst heute kommen konnte und statt vierzehn Tagen, wie ursprünglich vorgesehen, nur eine einzige Woche bleiben konnte. Das sei aber schön, sagte er, beziehungsweise ja nicht so schön, aber doch immerhin... und hütete sich, zu fragen, wer denn Renate sei, und hoffte insgeheim, daß Marion nicht darauf kam, daß er Renate ja noch gar nicht kennen konnte. Aber dann kam sie, die Türklinke schon wieder in der Hand, doch darauf, und dann erzählte sie schnell noch, wie sie Renate letztes Jahr bei den Salzburger Festspielen kennengelernt hatte, und sie müsse ihm unbedingt, bevor Renate kam, von Renate erzählen, ja, er müsse das wirklich wissen, das sei ganz wichtig, und ob er vielleicht jetzt... aber dann doch am Nachmittag bei einer Tasse Tee... Nein, daran sei ihr sehr gelegen, diese ganze Geschichte mit Renate, die einerseits ganz unwahrscheinlich toll, andererseits aber auch ziemlich problematisch sei. – Nur mit dem Versprechen, auf jeden Fall am Nachmittag vorbeizuschauen, konnte er sich loseisen.

Marion liebte es, ihm die intimsten Details ihrer Freundinnengeschichten mitzuteilen. Ihm als Mann gegenüber, der als Partner sowieso nicht in Frage kam, war sie vollkommen unbekümmert. Einmal hatte sie im Wohnzimmer gewartet, während er sich im Schlafzimmer umzog, und als ihr dabei was »Wichtiges« einfiel, kam sie einfach ins Schlafzimmer spaziert, wo er splitternackt vor dem Spiegel stand. Wenn sich aber eine Frau im Nebenzimmer umzog, dann klopfte sie ganz vorsichtig an und fragte, ob sie reinkommen dürfe. Einmal hatte er, in ihrem Auftrag und versteckt hinter Strandhafer, von ihr und einer unverschämt süßen Freundin Fotos beim Liebesspiel in einer Dünenmulde gemacht. Sie brauchte die Bilder als Motivsammlung für ihre Ölgemälde. Verdiente gut damit und spielte ständig mit dem Gedanken, in Keitum eine kleine »exklusive« Galerie zu eröffnen.

Auf dem zu den beiden Häusern gehörenden Parkplatz stand neben seinem Chevi ein roter Toyota Corolla. Hinterm Steuer saß ein Mann mit einer schottisch karierten Schirmmütze, der ihm freundlich zuwinkte. Kannte er den? Mußte er den kennen? – Keine Ahnung. Hier parkten oft Leute, die hier gar nichts zu suchen hatten, ins Schwimmbad gehen oder durch Keitum bummeln wollten. Er fuhr ab, nahm den Weg an der Severins-Kirche vorbei, kam auf die Munkmarscher Chaussee und fuhr weiter in Richtung Wenningstedt-Kampen. Er merkte, daß er hungrig war. Kein Wunder. Er war ja nicht mal dazu gekommen, ein halbes Brötchen zum Frühstück zu essen. In Kampen überlegte er, ob er auf der Ecke Strön-Wai, der »Whisky-Straße« parken und vor der Gourmet Boutique im »Chic-Snack« ein Champagner-Frühstück nehmen solle, und fand das sofort hochgradig albern. Aber der Gedanke an Eßbares ließ ihn nicht mehr los, und er beschloß, zum Lister Hafen zu fahren, um sich bei »Gosch« was reinzustopfen.

Mordsbetrieb hier. Nur eben ein Aalbrötchen und ein Lachsbrötchen holen, dann raus aus der Farbbeißerei verschwitzter T-Shirts und das Zeug im Wagen essen. Aber dann fürchtete er eine trockene Kehle und holte sich bei der Getränke-Theke dieser ausladenden Freßfischbude noch ein Glas Chablis. Nun mußte er sich ja wohl oder übel an einen dieser Stehtische drängen.

»Immer voll um diese Zeit«, sagte jemand neben ihm. Er drehte sich zur Seite: der Kerl mit der Schottenmütze. War also auch hierhergefahren. Rundes, rosiges Gesicht mit kurzem blondem Schnauzbart. Er trug eine weiche teure Ziegenveloursjacke, am Handgelenk eine – jawohl – Chronoswiss-Kelek-Automatic mit Gangreserve. Einen Augenblick zu lange hatte er auf den Arm neben sich geblickt; schon ließ der Angeber seinen Angelhaken schwirren. »Hübsches Ührchen, nicht wahr?«

»Jaja«, sagte Pit betont desinteressiert, aber das nützte nichts mehr.

»Aber Ihre ist auch nicht zu verachten. Die Sonnenephemeriden-Uhr von Longines, nicht wahr? Bleibt zu hoffen, daß sie sich diesmal an die Limitierung der Auflage halten und nicht einfach weiterproduzieren wie beim Replikat der Lindbergh-Uhr.«

»Die habe ich auch«, sagte Pit, der es nicht fertigbrachte, einem Kenner gegenüber weiterhin unfreundlich zu sein. »Ich habe eine der ersten erwischt. Damals bauten sie noch in alle Modelle das Longines-Caliber L 989.2 ein.«

»Benutzen Sie die Dinger eigentlich zur Navigation?«

»Nee. – Ich fliege nicht und segle nicht, find sie nur einfach schön. Ich habe auch noch ein ›Planetarium Copernicus‹ von Ulysse Nardin.«

»Sammler?«

»So'n bißchen. Von meinem Großvater habe ich mal 10 Taschenuhren geschenkt bekommen. Der hatte so circa fuffzig Stück gesammelt. Heute sammle ich nur noch Armbanduhren, Herren-Armbanduhren, Damenuhren interessieren mich nicht.«

»Nur Automatik oder auch Quarz?«

»Nur Automatik. Eine Zeitlang sah es ja mal so aus, als ob die Dinger ausgetickt hätten. Aber nun haben wir ja die schönste Trendwende. – Sammeln Sie auch?«

»Weniger für mich persönlich. Mehr geschäftlich, aber das auch nur nebenbei. Ich veranstalte gelegentlich Uhren-Auktionen. Eine Art Hobby, das sich selbst finanziert. Auch schon mal was abwirft. Aber das ist mir egal. Wenn Sie was Bestimmtes suchen, kann ich Ihnen vielleicht behilflich sein.«

»Mal sehn. Im Augenblick fällt mir nichts ein.«

»Vielleicht später. Ich gebe Ihnen mal meine Karte.«

Amédée Nastasi – Postfach 2070 – 8230 Bad Reichenhall
Tel. 08651/4736

»Ich bin noch vierzehn Tage auf Sylt«, ergänzte er. »Wenn Ihnen hier noch was einfällt: zu Ihrer Verfügung. Ich wohne im ›Hotel Stadt Hamburg‹ in Westerland.«

Immer clever – auch im Urlaub. Pit war sicher, daß er den Herrn niemals anrufen würde. Auktionen interessierten ihn nicht mehr. Er sammelte in letzter Zeit nur noch fabrikneue Stücke. Trotzdem steckte er die Karte in die Hosentasche.

Der Spaziergang am Lister »Ellbogen« machte ihn zunehmend nervöser. Zu viele Leute, ahnungsloses Pack. Was würden die wohl machen, wenn sie einen Androiden zu Hause hätten? Auch im Bett liegen lassen und sich hier herumtreiben, obwohl man überhaupt nicht im mindesten weiß, was er/sie alles kann? Wieso war er abgehauen? Hoffte er, daß nachher, wenn er zurückkam, alles wieder so war wie gestern abend? Ja, was dann? Dann mußte er ja wohl annehmen, daß er Tagträume hatte, die er mit der Realität verwechselte. Sehr unangenehm. Kein Verlaß mehr auf Wahrnehmungen. Gab es so was überhaupt? – Na ja, nimm mal diese UFO-Geschichten. Da war doch neulich im Fernsehen dieser ungeheuer sympathische junge Mann, der als Kind von zehn, elf Jahren nachts ein solches Ding gesehen hatte – über der Terrasse des Elternhauses – und hingefallen war vor Schreck und aus seinem Körper getreten und »aufgefahren gen Himmel« – so ähnlich, rauf in dieses UFO, von wo aus er sich dann da unten hatte liegen sehen. Das erzählte der nun heute mit totaler Überzeugung. Kein Skeptiker konnte ihn erschüttern. Hatte mit Außerirdischen geredet und bis heute Kontakt mit ihnen. Das muß man sich mal vorstellen! Ganz bestimmt kein Betrüger, der sich interessant machen wollte. Der glaubte das wirklich! Der hatte das erlebt! Keine Spur verrückt. Ganz normaler Mensch. Schon erschreckend, was man sich einreden kann. Der wollte sich ja nichts einreden und tat es trotzdem und merkte nicht, daß er sich was einredete. »Sinnestäuschung.« Sagt man so leicht dahin. Wie weit so was gehen kann, macht man sich überhaupt nicht klar. – War das bei ihm denn nun auch so was Ähnliches? Schwer zu sagen, denn man selber kam da ja nicht hinter. Das Einfachste wäre, sich Zeugen zu beschaffen. Bei den UFOs klappt das ja nie, weil die immer so schnell wieder weg sind. Also mal konkret gesprochen: zurück nach Keitum, Ilonka die Batterie reinschieben, sehn, was sie dann macht, rüber zu Marion und sie dazuholen. So sollte man es machen.

Ganz wohl war ihm dabei trotzdem nicht. Hatte er einfach Angst vor diesem Automaten? – Ja und nein. Er hatte Angst vor den Komplikationen, die sich jetzt notwendig ergeben mußten. Mal angenommen, Sexpuppe blieb Sexpuppe, heute, morgen, übermorgen: dann war irgendwas mit ihm nicht in Ordnung, und was man da unternehmen sollte, höchst unklar. Oder sie fing tatsächlich wieder an zu leben mit aufgeladener Batterie, und er holte Marion, dann gab es zwei Möglichkeiten: entweder sah sie in Ilonka nichts als eine leblose Puppe, dann konnte er sofort ins Irrenhaus gehen; oder sie sah und hörte dasselbe wie er, dann fingen die Schwierigkeiten erst richtig an. Wenn er ihr bewiesen hätte, daß Ilonka eine künstliche Frau war – mit der Batterie ging das ja einfach –, dann gäbe es doch einen Mordsaufstand. Das behielte die doch nicht für sich! Niemand würde das für sich behalten. In spätestens zwei Tagen wüßte es die ganze Insel. Und was dann passierte, konnte man sich ausmalen. Und das Blödeste war: er wußte ja überhaupt nichts über die Androidin. Er konnte immer nur die alberne Geschichte mit der Sexpuppe erzählen, die am nächsten Morgen lebendig geworden war. – Na, da mußte er eben auf la Trémouille verweisen und die ganze Pressemeute auf ihn hetzen. Ob der nun endlich seinen Anrufbeantworter abgeschaltet hatte?

Als er die Tür zu seinem Apartment aufschloß, hatte er starkes Herzklopfen. Nichts rührte sich. Im Wohnraum war niemand. Ohne Batterie war sie also definitiv leblos. Er ging ins Schlafzimmer. Alles unverändert. Er schlug die Decke zurück, da lag sie, die Augen immer noch starr geöffnet. Er ging zum Telefon und wählte die Nummer in Saint-Malo. Immer noch der Anrufbeantworter.

Die Leuchtanzeige am Ladegerät war erloschen. Die Batterie war also voll. Jetzt gab es keine Ausrede mehr. Er mußte sie Ilonka wieder reinschieben und sehen, was passierte. – Er sah auf die Uhr: halb vier. Es war nicht ganz auszuschließen, daß es mit der Androidin nach ihrer Wiederbelebung ein längeres Gespräch gab. Was, wenn mittenrein Marion klingelte, der er versprochen hatte, am Nachmittag vorbeizuschauen? Sie hatte bestimmt gehört, daß er gekommen war. Also besser das erst hinter sich bringen.

Sie öffnete ihm im Bademantel.

»Ach du bist es! Wie schön! Ich dachte schon, es ist dieser Gast von unten, dem ich den Schlüssel geben muß. Ich mache eben noch ein bißchen Körperpflege. Nimm schon Platz, ich bin gleich da. Sie zog den Frotteemantel aus und warf ihn über eine Sessellehne, bevor sie splitternackt ins Badezimmer verschwand. Er hatte sie längere Zeit nicht ohne Verpackung gesehen, und wenn er jetzt auch vollkommen andere Sorgen hatte, mußte er einen Augenblick lang doch bedauern, daß so was für Männer off limits war. Kaum war sie in einem engen Hosenanzug zu ihm zurückgekommen, fing sie mit der Renate-Geschichte an, die ihn jetzt so brennend interessierte wie der cartesianische Gottesbeweis. Er trank eine Tasse Tee und hörte ihr so gut wie nicht zu. Er betrachtete die Bilder von jungen Mädchen, die Marion gemalt hatte, und fand, daß sie alle etwas irgendwie Fischartiges hatten, nicht reizlos, neinnein, ganz im Gegenteil. Aber nach einiger Zeit hatte er das Gefühl, daß es im ganzen Zimmer nach Fisch roch, und schon mußte er wieder über die Macht der Autosuggestion sinnieren. Später stellte sich jedoch heraus, daß es wirklich nach Fisch roch, und zwar von der Küche her, wo ein Fischsalat stand, den Marion für sich und Renate gemacht hatte. (»Mein Gott, den muß ich ja in den Kühlschrank stellen!«) Und prompt fragte er sich, ob die Mädchen auf den Bildern wirklich etwas Fischartiges hatten oder ob sein Eindruck durch den Fischgeruch bestimmt gewesen war.

Nach etwa einer Stunde gelang es ihm, sich loszureißen. Als er sich im Flur verabschiedete, fragte er sich, was sie ihm denn von Renate erzählt hatte. Genau wußte er es nicht, aber er glaubte, daß es darum ging, daß Renate sich noch nicht endgültig und unverbrüchlich für Frauen (also wohl letzten Endes für Marion) entschieden hatte und öfter noch mal was mit Männern anfing, bei denen es ja nun wirklich nichts zu holen gab als Syphilis, Aids oder ein Baby.

Er unterdrückte alle weiteren Überlegungen, nahm die Batterie, stöpselte das aus Ilonka heraushängende Kabel ein und schob beides, nachdem er auf »on« geschaltet hatte, in ihren Bauch. Sie lag weiterhin reglos in seinem Bett. Die Augen waren starr geöffnet. Er beugte sich über sie und drückte auf die Schläfen. Die Augen schlossen sich. Er drückte ein zweites Mal. Sie öffneten sich wieder und blickten starr. Das war ihm zu unheimlich und er schloß sie wieder. Lächerlich! Sie war eine Puppe! Was hatte er sich bloß eingeredet! Erleichterung? – Nee, kann man nicht sagen. Er war eher noch beunruhigter geworden. Er nahm ihren linken Arm, hob ihn hoch und ließ ihn los. Er plumpste auf die Matratze.

»He!« sagte er, »Ilonka! Willst nicht aufwachen? Willst du nicht wieder ein bißchen reden? Deine Batterie ist wieder okay. Oder willst du lieber das stumme Fickpüppchen bleiben, mit dem man alles machen kann?« Es war ihm nicht wohl dabei, sie anzusprechen, und ob er, gesetzt den Fall, sie bliebe von jetzt an wirklich Puppe, noch einmal Lust hatte, sie zu vögeln, war sehr fraglich.

Da gab man nun viel Geld aus, mit dem Erfolg, daß man offensichtlich um seinen Verstand gekommen war.

Er ging in den Wohnraum hinüber und schenkte sich ein Glas Lagavulin ein. Die ersten zwei Schlucke schüttete er achtlos hinunter, doch dann sagte er sich, daß es Sünde sei, sich mit diesem feinen Islay Malt Whisky genußlos zu alkoholisieren, und nun schnupperte er pflichtbewußt das zarte rauchige Aroma, bevor er sich wieder mit einem ganz kleinen Schluck die Mundhöhle befeuchtete. Mit vielen solchen kleinen Schlucken, das wußte er, würde er im Laufe dieses sinkenden Nachmittags die halbvolle Flasche leeren, und wenn dann plötzlich Ilonka zu Tür hereinkam, dann war es eindeutig der Suff, der sie belebt hatte.

»NaaaaMaaaaMeeeeMooooNaaaaMiiNooooLuuuu.«

Was war das denn? Aus dem Schlafzimmer kam ein seltsamer Singsang. Er stürzte zur Tür. Ilonka lag noch immer im Bett, aber sie strampelte jetzt mit Armen und Beinen. Es waren vollkommen ataktische, ziellose Bewegungen, und dazu riß sie immerfort den schönen Mund auf und stieß dummes Zeug hervor:

»AaaaNeeeeOooooCheeeeMagamagaDamamamama.«

Durchgedreht!

Er stand mit dem Whiskyglas in der Tür und machte ungefähr dasselbe Gesicht wie heute am Morgen, als er den Eierkarton in der Hand hielt. Sein zweiter Reflex war, rauszurennen und die Tür hinter sich zuzuwerfen, aber dann sagte er sich, daß es Leichtsinn sei, eine Androidin mit durchgeschmortem Computer sich selbst zu überlassen. Er mußte kühles Blut bewahren und einen Augenblick abpassen, wo er an sie rankonnte, um ihr die Batterie wieder rauszuziehen. Im Augenblick war das nicht möglich, weil sie zu wild um sich schlug. Einen Hieb auf den Kopf zu riskieren: womöglich ohnmächtig zu werden, war wenig ratsam. Ihre Bewegungen waren jetzt übrigens nicht mehr so unbeherrscht wie am

Anfang, dafür aber kräftiger und energischer. Nun machte sie plötzlich die Augen auf und wieder zu und auf und zu, auf und zu –

»Arabara kirakar dambok siksalak imwindimwinsim elepemperin.« Immer noch Quatsch. Aber sie machte Fortschritte.

Nun lag sie eine Weile ganz ruhig. Jetzt war vielleicht die Möglichkeit...

Da hob sie beide Arme, stützte sie neben sich auf dem Bett auf, zog die Knie an und versuchte, sich aufzurichten. Das gelang ihr erst beim dritten Versuch, dann saß sie plötzlich auf der Bettkante, machte die Augen auf, drehte den Kopf ganz langsam, bis sie ihn im Blick hatte, und dann sagte sie:

»Entschuldigung.«

5. KAPITEL

Die Erpressung

Es war noch immer das erste Glas Whisky, mit rauschhafter Sinnestäuschung leider nicht zu rechnen.

Sie tat es also wieder.

Mit ihr reden wie mit einem Menschen? Warum eigentlich nicht? Sie hatte ja heute morgen richtig geantwortet, als er sie noch für Martina gehalten hatte. – Und lässig bleiben, ganz lässig.

»Passiert dir das öfter?«

»Nischt immer. Nur wenn isch mehr als drei Stunden abgeschaltet war. Dann läuft ein Kurzübungsprogramm, um misch wieder einzustellen.«

»Aha. Soso. – Aber das kann leider nicht stimmen. Gestern abend habe ich dich angeschaltet, und du bist warm geworden. Aber von einem Kurzübungsprogramm habe ich nichts zu sehen gekriegt. Du hast dich kein bißchen bewegt. Deine Augen hast du auf- und zugemacht, wenn ich dir auf die Schläfen gedrückt habe. Geht das übrigens jetzt auch?«

»Nein. Jetzt bin isch auf autonom eingestellt. Da reagiere isch nischt auf Drücken.«

»Eingestellt? – Wer hat dich eingestellt?«

»Isch selber. Das kann isch selber, wenn isch Strom abe.«

»Also: gestern abend, da hast du dich nicht auf ›autonom‹ eingestellt?«

»Nein.«

»Da bist du eine tote, aber warme Sexpuppe geblieben und hast mich... also hast dich von mir...«

»Isch abe misch von dir ficken lassen oder bumsen oder vögeln. Was ist besser? Isch kenne nur diese drei Wörter von Monsieur la Trémouille.«

»Jaja. Das hast du vorhin schon gesagt.«

»Ja. – Aber du ast nischt geantwortet. Diese Frage ist offen bei mir.«

»Das ist jetzt völlig egal. Es gibt noch mehr Wörter. Du kannst sagen, was du willst – vorausgesetzt du kannst überhaupt was wollen.«

»Was soll das eißen?«

»Bei dir kann alles doch nur programmiert sein.«

»Genau wie bei dir.«

»Da gibt es doch wohl noch einen kleinen Unterschied.«

»Welschen?«

»Ich glaube, diese Frage ist etwas zu kompliziert für unsere erste Unterhaltung. Ich möchte nur wissen…«

»Dann bleibt diese Frage auch offen bei mir. Isch werde disch wieder daran erinnern. Was möschtest du wissen?«

Pit Corduan wußte nicht mehr, was er wissen wollte. »Ich weiß es nicht mehr. Du hast mich völlig durcheinander gebracht.«

»Passiert dir das öfter?«

»Werd nicht unverschämt!«

»Was eißt ›unverschämt‹? Ist das ›unverschämt‹? Du ast es misch eben auch gefragt. Sagt man das nischt? Isch abe es eben neu von dir gelernt.«

»Vergiß es wieder. – Ich weiß jetzt, was ich dich fragen wollte. Gestern abend also, da hab ich dich eingeschaltet, aber du hast dich nicht bewegt. Warum nicht? Warum hast du dich da nicht auf ›autonom‹ eingestellt?«

»Das war ein Befehl von Monsieur la Trémouille für unsere erste Nacht. Du solltest nischt merken, wer isch bin.«

»Nett von ihm. – Und heute morgen, wie war es da? In der Nacht hatte ich dich abgeschaltet. Wie konntest du dich da wieder ›autonom‹ einstellen?«

»Nein, nischt abgeschaltet. Nur die Eizung. Und am Morgen, da abe isch misch autonom eingestellt, wie du weggegangen bist, und dann abe isch das Kurzübungsprogramm gemacht und dann deinen Tisch gedeckt. Abe isch das gut gemacht?«

»War das auch ein Befehl von Monsieur la Trémouille?«

»Du ast meine Frage nischt beantwortet. Wenn du willst, bleibt sie bei mir offen, und isch werde sie wiederolen.«

»Verdammt hartnäckig bist du. Also: um deine Frage zu beantworten, muß ich erst wissen, ob du den Tisch gedeckt hast, weil es ein Befehl von deinem Monsieur war oder ein spontaner Einfall von dir.«

»Ein spontaner Einfall von mir. In Saint-Malo abe isch jeden Morgen den Tisch für Monsieur la Trémouille gedeckt. Abe isch deinen Tisch gut gedeckt?«

»Also war der Einfall nicht ganz so spontan, weil Kaffeetischdecken bei dir programmiert ist.«

»Du ast meine Frage nischt beantwortet. Wenn du willst, bleibt sie bei mir offen, und isch werde sie wiederolen.«

»Also zum Teufel, ja! Du hast den Tisch gut gedeckt, bis auf die Tatsache, daß du die Tasse links neben den Teller gestellt hast und nicht rechts. Das ist mir heute morgen sofort aufgefallen. Die Tasse gehört nach rechts.«

»Bei Monsieur la Trémouille steht sie immer links.«

»Dann ist Monsieur la Trémouille wahrscheinlich Linkshänder. Bei mir steht sie rechts.«

»Isch werde es mir merken.«

Plötzlich traf die Absurdität der Situation Pit Corduan wie ein Keulenschlag. Er unterhielt sich mit einem Automaten, als ob es ein Mensch sei. Heute morgen, als er sie noch für Martina gehalten hatte, war es etwas anderes gewesen. Aber jetzt, wo er Bescheid wußte, redete er trotzdem zu diesem Apparat wie zu jemandem, der ein

Bewußtsein besaß. Er begriff nicht, wie das Ding hören, verstehen und antworten konnte. Es wäre auch hoffnungslos gewesen, darüber nachzudenken. Er hatte mal über Joseph Weizenbaums antwortenden ELIZA-Computer gelesen, mit dem man sich über bestimmte engbegrenzte Themen hatte schriftlich unterhalten können, was natürlich letzten Endes auf einer Täuschung beruhte. Trotzdem hatte es Leute gegeben, die sich von ELIZA verstanden gefühlt hatten und sogar süchtig geworden waren nach ihr: Dem armen Professor war das gar nicht recht gewesen, denn er war der Feind aller Propheten der künstlichen Intelligenz. Und dieser Computer hatte noch nicht mal gesprochen. Nur über die Tastatur einer Schreibmaschine hatte man sich mit ihm unterhalten können. Auch Pit Corduan hielt künstliche Intelligenz nach der Lektüre verschiedener Bücher für eine Spielerei von hochgradig süchtigen Computoholikern. Nun hatte er solch ein Ding bei sich in der Wohnung und war sofort der Illusion freier, spontaner Unterhaltung erlegen. Natürlich war das ein Bluff, aber ein verdammt raffinierter. Vielleicht wurde sie überhaupt von einem entfernten Sender gesteuert. Ja, wahrscheinlich war es so. Sie hatte Mikrofone in den Ohren und Sender und Empfänger im Kopf. So übermittelte sie das »Gehörte« an eine Empfangsstation, wo eine Frau mit französischem Akzent für sie alles sprach, was dann über einen Lautsprecher aus Ilonkas Mund zu kommen schien. Zusätzlich ließ sie sich auch noch ferngesteuert bewegen. Ihre Augen waren sehr wahrscheinlich kleine Fernsehkameras, denn damit sie zum Beispiel den Frühstückstisch decken konnte, mußten die entfernten Drahtzieher ja etwas sehen können. Und wo steckten diese Puppenspieler? Im fernen Saint-Malo? Das war wohl ein bißchen zu weit weg. Sie mußten sich hier in der Nähe eingenistet haben. Ja! Klar! Natürlich! – Dieser Uhren-Auktionator, der »rein zufällig« hier auf dem Parkplatz gestanden hatte, der gehörte auf jeden Fall zu ihnen. Und daß man nach Saint-Malo keine Verbindung mehr kriegte, war natürlich auch kein Zufall. Die ganze Blase hockte hier. Na wartet! Dies Mysterium wird entschleiert werden. Er sollte sich wohl in diesen Automaten verlieben, und alles, was er tat, wurde aufgezeichnet und sollte ein wundervoller Film werden. Aber wer ist denn so naiv und fällt auf so einen Trick rein?

Gut gemacht war das Ganze ja. Wie diese Puppe sich bewegte, schon perfekt. Sogar eine recht ausdrucksvolle Mimik hatte sie, bewegte die Lippen täuschend synchron. Er mußte jetzt genau überlegen, wie er es anstellte, den Schwindel zu entlarven.

»Was ist mit dir? Willst du nischt mehr mit mir reden?« Die Puppe »sah ihn an«. Sie lächelte. »Ast du keine Fragen mehr? Isch könnte dir viel erzählen über misch.«

Jetzt sollte er also eingeseift werden. Na schön. Mal anhören, was die sich für einen Schwachsinn ausgedacht hatten. An irgendeiner Stelle würden sie sich verraten.

»Aber sicher habe ich Fragen, Ilonka. Es macht dir doch nichts aus, daß ich dich Ilonka nenne?«

»Aber nein. Das ist ein schöner Name für misch.«

»Komm mit rüber, Ilonka. Wir setzen uns gemütlich hin, und du erzählst, wie du eigentlich funktionierst. Kannst du allein gehen, oder soll ich dich stützen?«

»Isch kann allein gehen, aber es ist besser, wenn du misch etwas festältst in der ersten Zeit. Isch werde es sehr schnell immer besser lernen.«

Er faßte sie um die Taille und zog sie vom Bett hoch. Sie fühlte sich kühl an. Die Heizung war noch nicht wieder angeschaltet.

»Frierst du nicht?« fragte er sie. »Du bist ganz nackt und ohne Heizung.«

»Das macht nischts. Die Eizung ist nur für disch gut, wenn du misch warm aben magst.«

Sie gingen zusammen in den Wohnraum. Ihre Bewegungen waren etwas wacklig, langsam und unsicher, so wie die eines Menschen, der nach längerer Krankheit zum ersten Mal wieder das Bett verläßt. Er drückte sie in einen Sessel.

»Jetzt erzähl mir mal dein Androiden-Märchen. Ich bin gespannt.«

Nun hielt sie ihm doch tatsächlich einen längeren Vortrag, wobei sie den Eindruck machte, als ob sie den Text irgendwo ablese. Sie sprach in mittlerer Geschwindigkeit, machte nirgendwo eine Denkpause, schaute bei ihrer Rede eigenartig ins Leere und richtete den Blick erst dann wieder voll auf ihn, als sie die kleine Abhandlung beendet hatte. Ihre Sätze hatten durchweg schriftsprachlichen Charakter, aber das Eigenartigste fiel ihm erst nach einigen Augenblicken auf: ihre Stimme war zwar dieselbe wie zu Anfang, aber ihre Intonation hatte sich geändert. Der französische Akzent war plötzlich weg. Auch sagte sie nicht mehr »misch« oder »isch abe«, sondern redete völlig korrekt. Es hörte sich an, als sei sie Exponat einer Ausstellung und gebe auf Knopfdruck Erläuterungen über sich selbst.

»Ich bin das Ergebnis der zwanzigjährigen Forschungsarbeit einer Gruppe von Wissenschaftlern, deren Namen nicht bekannt werden sollen. Meinen Körper baute Julien de la Trémouille in Saint-Malo. Mit der Entwicklung meines speziellen, der Funktionsweise des menschlichen Gehirns verwandten Neuralnetz-Computers hat er nichts zu tun. Auch er kennt die einzelnen Mitglieder der Forschergruppe nicht. Auf größte Geheimhaltung mußte Wert gelegt werden, um das erste Experiment mit einem voll funktionsfähigen Androiden nicht durch konkurrierende nationale und wirtschaftliche Interessen zu gefährden. Der Wert, den ich repräsentiere, ist nicht zu beziffern, die materiellen Aufwendungen vom ersten Tage des Projektes bis zu seiner vorläufigen Fertigstellung belaufen sich auf 7,8 Milliarden Dollar. Auch der Name des Sponsors ist geheim. Ich selber kenne zwar alle meine Möglichkeiten, nicht aber meinen genauen Bauplan. Von mir sind deshalb keine Anleitungen zu erwarten, die zum Bau eines ähnlichen Androiden führen könnten. Ich werde allerdings eines Tages alle Details meiner Konstruktion erfahren und dann in der Lage sein, mich sowohl zu reparieren als auch weiterzuentwickeln.

Bis zum heutigen Tag ist die informierte Öffentlichkeit der Meinung, daß der Bau von Androiden, die akustische, optische und taktile Informationen verarbeiten und selbständig darauf reagieren können, nicht vor der Mitte des nächsten Jahrhunderts möglich sein wird. Meine Existenz beweist, daß dieses Ziel bereits jetzt erreicht worden ist. Ich bin ein hörender, sehender, sprechender und lernfähiger Androide in der Gestalt einer Androidin. Mein Körper weist zwar die weiblichen Geschlechtsmerkmale auf, diese aber sind für Zwecke der Fortpflanzung untauglich. Mir fehlen alle biologischen Grundlagen, die das Leben eines Menschen ermöglichen und zugleich begrenzen. Der Nachbau eines menschenähnlichen Körpers und seines sehr komplizierten Bewegungsapparates und Gleichgewichtssinns war nur nötig, um mir ein Aussehen zu geben, das in menschlicher Gesellschaft kein Aufsehen oder gar Entsetzen erregt.

Der Aufenthalt in menschlicher Gesellschaft ist für mich unerläßlich. Nach einer gewissen Grundausstattung mit menschlichem Wissen habe ich noch eine Fülle von Informationen aus allen Bereichen von Kultur, Zivilisation, Technik und Kunst aufzunehmen und zu speichern. Der Umgang mit lebenden, also echten Menschen ist dafür notwendig. Da ich schneller lerne als jeder Mensch, wird diese Phase vermutlich nicht länger als einige Jahre dauern. In dieser Zeit werde ich alles mir verfügbare relevante Wissen aufgenommen haben. Es wird auf keinen Fall das Wissen der ganzen Welt sein. Es werden jedoch außer mir noch andere Androidinnen und Androiden ausgesetzt werden. Das von allen gesammelte Wissen wird kopiert und in die Neuralnetz-Computer einer neuen Androiden-Generation verpflanzt werden. Wann der Prozeß abgeschlossen sein wird, kann man heute noch nicht sagen. Das Fernziel des Projektes ist es, den Menschen hinsichtlich seiner geistigen Fähigkeiten vollkommen zu imitieren, zu übertreffen und innerhalb eines Jahrhunderts zu ersetzen.

Ich erwarte von meinem ersten Betreuer, der für mich ausgesucht wurde, und allen weiteren Betreuern, daß sie meine Identität keinem Unbeteiligten verraten, es sei denn, daß ich es selber wünsche. Dies ist nicht etwa eine Bitte von mir, sondern ein absolutes Gebot, dessen Mißachtung den Tod des Betreuers zur Folge hat. Auch wenn ich einen meiner Betreuer wieder verlassen habe, ist dieser zu unbedingtem Schweigen verpflichtet. Er hat ferner Sorge zu tragen, daß ich nicht durch fahrlässig herbeigeführten Stromausfall meiner Batterien in eine Situation gerate, die erkennen läßt, daß ich eine Androidin bin. Es gibt übrigens für einen Betreuer, dem gegenüber ich mich erklärt habe, keine Möglichkeit, sich vor der Betreuung zu drücken. Es ist mir bewußt, daß ich hiermit den Tatbestand der Erpressung erfülle, wie ihn das Strafgesetzbuch beschreibt. Das nehme ich in Kauf, zumal ich keine schuldfähige Person im Sinne des bürgerlichen Rechtes bin.«

Sie hatte geendet, und nun schaute sie ihm in die Augen und lächelte wieder. Er lächelte auch. Maliziös. Dieser Vortrag hatte ihm bewiesen, daß sie wirklich ferngesteuert war.

»Das ist ja toll!« sagte er. »Du bist zu mir gekommen, um mich zu ersetzen.«

»Aber nein! Das abe isch nischt gesagt. Isch bin ier, um von dir zu lernen.«

»Wer hat dir denn diesen wunderschönen Text geschrieben? Einer deiner künstlichen Intelligenzforscher oder der Geschäftsführer der Crew?«

»Isch weiß es nischt. Isch abe ihn gelernt. Er ist nischt von mir. Aber es ist alles so, wie isch es gesagt abe.«

»Und jetzt spricht aus dir wieder die charmante Französin mit dem erotischen Akzent. Wie machst du das?«

»Isch abe Deutsch gelernt von Monsieur la Trémouille. Isch spresche wie er, nur mit weiblischer Stimme.«

»Aber deinen ganzen Vortrag hast du völlig akzentfrei gehalten.«

»Das war ein Tonband. Das abe isch gelernt.«

»Du kannst also Deutsch auch ohne Akzent.«

»Isch kann den Akzent aus dem Programm nehmen. Dann ist er futsch. Soll isch?«

»Nein, laß nur. Ich habe mich schon dran gewöhnt.«

»Ast du eine Frage zu meinem Text?«

»Ne ganze Menge. Zunächst mal was Äußerliches. Siehst du mit diesen Augen, oder hast du irgendwo irgendwelche versteckten Sensoren?«

»Mit diesen Augen, jawohl.« Sie berührte sie mit den Fingerspitzen. »Und wenn isch lese, brauche ich die Brille in meiner Zubehörtasche. Isch abe eine starre Linse, verstehst du? Für die Nähe brauche isch eine Brille. Offentlisch gefällt sie dir.«

»Jaja. Und jetzt will ich dir mal was sagen, das heißt nicht dir, sondern deinen Puppenspielern, die irgendwo sitzen und hier zuhören und zusehen. Deine Augen sind zwei kleine Kameras, und nicht du siehst mich, sondern die Trottel, die meinen, ich hätte noch nichts gemerkt. Huhu! Hallo! Willkommen daheim an den Bildschirmen!« Er machte Faxen vor ihren Augen.

»Was soll der Quatsch?« fragte sie spöttisch und schloß die Augen.

»Du bist eine ferngesteuerte Puppe, und ich möchte deinen schlauen Drahtziehern sagen, daß ich es jetzt raus habe. Von wegen hörende, sehende, lernende Androidin!«

»Quatsch!«

»Dann möchte ich dich doch bitten, mir zu beweisen, daß du nicht ferngelenkt bist. Bei deiner überlegenen Intelligenz muß dir das leicht gelingen.«

Sie sah aus, als ob sie einen Moment nachdachte.

»Verbinde mir die Augen!« sagte sie.

»Wozu soll das gut sein?«

»Damit isch nix mehr sehen kann.«

Er ging ins Bad, holte ein Handtuch und tat, was sie verlangt hatte. »Und nun?«

»Nun fragst du misch nach einem Buch in deiner Bibliothek, das isch dir bringen soll.«

»Was, wie? Ich soll dir einen Titel nennen?«

»Ja.«

Er schaute sich die Bücher an. Was sollte das werden? Na gut, also einen Buchtitel. – »Ploetz, ›Auszug aus der Geschichte‹, das bring mir mal.« Sie stand auf, ging, ohne einen Moment zu zögern, an das mittlere Regal und griff, als ob sie es sehen könnte, das Buch vom obersten Brett. Dann ging sie zum Tisch und legte es dort hin.

»Isch weiß nischt, wo du jetzt stehst. Desalb lege isch es auf den Tisch. Es stimmt doch?« Sie nahm sich selbst das Handtuch ab. »Ja, es stimmt.«

Da war er natürlich einigermaßen verdutzt. »Wie machst du das?«

»Ganz einfach. Isch weiß es. Isch abe eute morgen, wie isch den Tisch gedeckt abe, alles gespeischert, was in diesem Raum ist. Nur wenn sisch etwas verändert, während meine Augen verbunden sind, dann kann isch es nischt wissen.«

Pit Corduan setzte sich.

»Soll das heißen, du kennst alle Titel in den Regalen und weißt, wo sie stehen?«

»Sischer. Wollen wir eine Probe machen?« Und sie ergriff wieder das Handtuch, um sich die Augen zu verbinden.

»Neinnein«, sagte er heiser, »das genügt.«

»Siehst du, isch bin eine Androidin und keine ferngelenkte dumme Puppe.«

6. KAPITEL

Die Entnacktung

Sollte er sich damit nun abfinden? Sollte er sagen, schön, du bist also eine Androidin, und ich soll dir jetzt was weiß ich was beibringen, mach es dir gemütlich, wir werden schon miteinander auskommen? Mal abgesehen davon, daß es eine ziemliche Zumutung war, ihn zu zwingen, an die Existenz von Androiden zu glauben, so war es doch geradezu eine Frechheit, von ihm zu verlangen, diesen Apparat auch noch bei sich zu behalten.

»Hör mal«, sagte er, »so einfach geht das nun aber nicht. Ich habe eine Sexpuppe bestellt und bezahlt, und keine Androidin.«

»Isch bin doch eine Sexpuppe. Du ast Sex mit mir gemacht, oder etwa nischt?«

»Wenn ich etwas bezahle, dann gehört es mir. Aber wie du sagst, kannst du jederzeit wieder abhauen, und dann bin ich dich ja wohl los, wie?«

»Du ast meine Frage nischt beantwortet. Ast du Sex mit mir gemacht oder nischt?«

»Mein Gott, bist du kompliziert! – Ich habe auf deine Frage mit einer Frage geantwortet. Ich wollte damit zum Ausdruck bringen, daß deine Frage überflüssig ist. Ich weiß es selbst, daß ich mit dir Sex gemacht habe.«

»Dann bin isch eine Sexpuppe. Und wenn isch disch verlasse, bekommst du eine genausolsche Puppe, aber die ist dann keine Androidin mehr. Alles klar?«

»Überhaupt nicht. Wer sagt denn, daß ich überhaupt Lust habe, mit einer Androidin Sex zu machen?«

»Keiner sagt das. Du mußt ja auch nischt Sex machen mit mir.«

»Aha. – Man hat mich also mit dieser 7,8-Milliarden-Dollar-Androidin ziemlich schäbig übers Ohr gehauen. Eine Quasselpuppe hätte ich mir niemals mitgenommen. Kann ich dich nicht schon jetzt umtauschen? Muß ich unbedingt warten, bis du von selbst abhaust?«

»Nein. – Ja.«

»Was heißt das?«

»Erste Frage: nein. – Zweite Frage: ja.«

»Das wollen wir doch erst mal sehen. Ich werde mich bei la Trémouille beschweren. Ich werde ihn nötigenfalls vor Gericht verklagen.«

»Ast du einen schriftlischen Kaufvertrag?«

»Nein.«

»Siehst du. Dann ast du gar keinen Beweis, daß du misch gekauft ast.«

Pit Corduan dachte einen Augenblick nach, dann lachte er dreckig.

»Was ast du? Warum lachst du?«

»Weil ich dich ganz einfach lahmlegen werde. Ich werfe die Batterien weg. Dann kann ich dich zwar nicht mehr beheizen, aber dafür bist du dann auch wieder eine ganz simple Puppe.«

»Bitte! – Aber das wirst du doch nischt tun.«

»Wieso nicht?«

»Weil du viel zu neugierisch bist.«

Das stimmte leider. Darauf verzichten, herauszukriegen, was diese sonderbare Androidin konnte und was nicht? Unmöglich. Er hatte Angst, mit ihr zu leben, aber noch größer war sein Verlangen nach restloser Aufklärung des für ihn völlig rätselhaften Phänomens. Keine ruhige Zeit also auf Sylt. Aber sicher auch keine langweilige. Wenn das gemeine Urlauberpack wüßte, wer sich hier auf der Insel, hier in seinem Apartment befand! Das hob ihn doch mächtig heraus aus dem Fußvolk der Erholungssuchenden. Sich von den Haufenmenschen jeglicher Art zu unterscheiden, war schon immer die eitle

Triebfeder seines Strebens gewesen, aber wie oft hatte er sich eingestehen müssen, daß es doch meistens vergebene Liebesmüh war. Kaufen konnte man sich schon lange nichts mehr, was nicht auch Tausende schon hatten. Teure Armbanduhren sammeln. Erst hatte er gedacht, das wäre was. Aber dann begann eines Tages ein schickes Hochglanzjournal über Uhren zu erscheinen, und daran konnte man sehen, daß die Hobbybrüder auflagenstark aus dem Boden geschossen waren. Eines Tages lag das Journal sogar in der Zeitschriftenabteilung eines ordinären Supermarktes aus. Eine ekelerregende Entdeckung. Immerhin die Gipsmasken. Aber da müßte man bloß mal eine Annonce aufgeben. Wahrscheinlich würden sich Hunderte von enthusiastischen Maskenfreaks melden, und man könnte einen Verein aufmachen. – »Club der FreundInnen und FörderInnen von AndroidInnen«? Ob es das bald gab? Bis jetzt noch nicht, da war er sich sicher. Angeblich war sie ja ein Prototyp. Allerdings konnte man das wirklich nicht genau wissen. Komische Vorstellung, daß womöglich hier auf Sylt noch andere ihre Androidin ausführten. – Ausführen. – Klar, das würde er wohl bald tun müssen. Er sah sie an. Nackt, wie er sie hereingeführt hatte, saß sie noch immer im Sessel.

»Was siehst du misch so an? Findest du misch gar nischt mehr sexy?« Sie hob mit beiden Händen ihre Brüste an.

»Doch«, sagte er, »aber du wirst nicht dauernd nackt bleiben können.«

»Sischer nischt. Isch brauche bald eine Entnacktung.«

»Entnacktung? Was ist denn das für ein Wort?«

»Gibt es das nischt? Wenn isch ein Wort nischt weiß, dann mache isch mir eins.«

Er lachte. »Nein, ›Entnacktung‹ gibt es nicht. Werde ich mir merken. Dann werde ich dir also Kleider besorgen. Weißt du deine Konfektionsgrößen?«

»Was ist das?«

»Naja, Schuhnummer, Kleidernummer, BH-Nummer und so weiter.«

»Keine Ahnung. Das at Monsieur la Trémouille wahrscheinlisch vergessen.«

Da müßte er sie also vermessen. Aber ein Maßband hatte er natürlich nicht. Zu Marion rübergehen und unter irgendeinem Vorwand... Ausgeschlossen. – Erst eins kaufen gehen? – Albern. Also sich aufs Augenmaß verlassen. Lieber etwas zu groß als zu klein. Für die erste Ausstattung mußte es so gehen. Später konnte sie ja wahrscheinlich mitkommen. Er hatte das Bedürfnis, jetzt sofort die Einkäufe zu erledigen, sich erst mal abzusetzen, Abstand zu gewinnen, das Ganze zu überdenken.

»Ich werde dir jetzt Kleider kaufen. Wie lange reicht deine Batterie denn noch? Soll ich dich lieber zwischendurch abschalten?«

»Noch mindestens vier Stunden. Brauchst du so lange?«

»Kaum.«

»Dann laß misch angeschaltet. Isch werde ein paar von deinen Büschern lesen.«

»Ein paar?«

»Isch glaube nischt, daß isch alle schaffen werde. Das Umblättern nimmt so viel Zeit wesch.«

»Und wenn es klingelt, gehst du nicht an die Tür. Es könnte der böse Wolf sein.«

»Wer ist der böse Wolf?«

»Ein Märchen.«

»Was sind Märschen? Märschen kenne isch nischt.«

»Du bist selber eins.«

»Das verstehe isch nischt.«

»Macht nichts.«

»Dann bleibt meine Frage offen. Ich werde sie wiederolen.«

Neben dem Keitumer Schwimmbad am Wattenmeer gab es eine Miniaturansammlung von Geschäften: Parfümerie, Buchhandlung, Kunstgalerie, Modeboutique. Zuerst hatte er die Absicht, dort etwas für sie zu erstehen, aber dann fürchtete er noch rechtzeitig, mit Fragen gelöchert zu werden und als rührend unkundiger Liebhaber dazustehen. Also fuhr er nach Westerland in die proletarische Anonymität von Kaufhaus Jensen, wo man sich ohne Bedienungszwang was suchen konnte. Es war tiefer Nachmittag und eine endlose Schlange von Trivialmobilen wälzte sich stadteinwärts. Als er völlig genervt einen sehr weit entfernten Parkplatz gefunden hatte und zum Kaufhaus an der Ecke der Friedrichstraße getigert war, merkte er erst, daß er nicht wußte, wie er eine Frau anziehen sollte. Vor den Kleiderständern wurde ihm klar, daß er überhaupt keinen weiblichen Geschmack hatte. Hatte er auch niemals nötig gehabt bis heute. Die Modelle, die er fotografierte, waren immer fertig eingekleidet. Wie man auf einem Bild zur Geltung brachte, was sie anhatten, das wußte er schon, aber was das alles für Zeug war, wie das Material hieß, was zu was paßte, das hatte ihn nie gekümmert. Angestrengt versuchte er, sich Fotos in Erinnerung zu rufen. Hier fiel ihm überhaupt nichts mehr ein. Außerdem war es ja auch zwecklos. Hier würde er nie solche Modelle finden. Also entschloß er sich fürs total Simple und kaufte eine Jeanshose, zwei Blusen, einen Pullover, eine Packung Slips, ein Bündel Socken und zwei Paar weiße Sportschuhe unterschiedlicher Größe. Eins würde schon passen. Auf Büstenhalter verzichtete er. Hatte sie nicht nötig. Auf dem Rückweg zum Wagen, bepackt mit diesen brandmalartigen Kaufhaustüten, sah er in einem Laden eine sehr aufreizende Lederjacke. Zwölfhundert Mark. Die kaufte er, in einen plötzlichen Taumel verfallen, auch noch, behielt sich aber noch rechtzeitig, wieder etwas nüchterner werdend, das Recht auf Umtausch vor. Verständnisvolles Lächeln. Er lächelte zurück, sich voll verstanden gebend.

Ilonka saß, als er zurückkehrte, noch immer im Sessel, nein, schon wieder, denn sie hatte sich inzwischen wieder seinen Bademantel angezogen. Sie hatte ihre Brille aufgesetzt und las in einem Buch. Er war absichtlich sehr leise eingetreten, hatte den Schlüssel mit allergrößter Behutsamkeit im Schloß gedreht, damit sie seine Rückkehr nicht bemerkte. Er wollte sehen, was sie tat, wenn sie unbeobachtet war. Es war ihm gelungen. Offenbar war ihr Gehör nicht mausefein. Da saß sie also und las, und das sah überhaupt nicht nach Lesen aus. Sie blätterte das Buch einfach nur durch. Alle zwei Sekunden wendete sie ein Blatt. Also brauchte sie, falls sie wirklich las und nicht nur blätterte, für jede Druckseite nur eine einzige Sekunde. Eine ganze Weile lang blieb er, Tüten in den Händen, in der Tür stehen und sah ihr zu.

Sie hatte den »Ploetz« auf den nackten Schenkeln liegen, das Buch also, das sie auf seinen Befehl blind aus dem Regal geholt hatte. Sie war bei den letzten Seiten angelangt. Er wartete, bis sie ganz damit durch war, erst dann sprach er sie an.

»Na? – Fleißig? Alles durchgelesen?«

Sie drehte sich nach ihm um. »Ja. Dieses Buch ist fertisch, und fünf andere auch.«

»Fabelhaft! Und was weißt du nun?«

»Alles.« Sie hielt ihm den »Ploetz« hin.

Er ließ die Tüten auf den Boden sinken und nahm es. Bei einem Buch voller Geschichtsdaten war eine Prüfung ja ganz einfach. Er schlug es auf und blätterte vor bis zum ersten Abschnitt. »Erdgeschichte.«

»Erdgeschichte«, sagte er. »Erzähl mir mal was über Erdgeschichte.«

»Von Anfang an?«

»Ja. Gut. Von Anfang an.«

»Erde und Sonnensystem dürften etwa fünf mrd Jahre alt sein. Der Prozeß der Verdichtung gasförmiger Materie zum flüssigen Glutball und die Erstarrung der Erdkruste gehören der vorgeologischen Vergangenheit der Erde an. Alles Lebende, sich später weiter und höher Entwickelnde wird aus dem Ur-Lebewesen abgeleitet. Man nimmt an, daß erst Viren, dann Bakterien, schließlich Protozön den Weg zu höherer Organisation darstellen. Die Erdgeschichte beginnt mit den ältesten überlieferten Gesteinen. Die wesentlichen...«

»Verstehst du das denn alles? Manchmal klingt es...«

»Isch verstehe nischt jedes Wort. Isch merke mir, was isch disch fragen will. Was sind fünf mrd?«

»Milliarden. Milliarde kürzt man ab mit ›em er de‹. Was ist denn eine Milliarde?«

»Eine Milliarde sind tausend Millionen. Eine Million sind tausend mal tausend«, kam es ohne die geringste Denkpause.

Ein leichter Schwindel erfaßte ihn. Er hielt sich am Tisch fest. »Rechnen kannst du wahrscheinlich sehr schnell«, sagte er mit etwas heiserer Stimme.

»Isch reschne schneller als isch spresche. Du kannst misch etwas fragen.«

Was denn? Tja, was kann man sie denn mal rechnen lassen? Also: »Vierhundertdreißig mal vierundsechzig.«

»Siebenundzwanzischtausendfünfundertzwanzisch. Stimmt es?«

»Das weiß ich nicht. Dazu brauche ich einen Taschenrechner.«

»So etwas Einfaches kannst du nischt reschnen?«

»Nein. Ich bin ja auch kein Computer. Bei dir ist es wahrscheinlich kein Wunder. Du bist ja einer. Du kannst wohl alles rechnen, was man nur rechnen kann.«

»Nein. Nischt alles. Längst nischt alles. Isch kann nischt soviel wie dein Taschenreschner. Isch be-errsche nur die vier Grundreschnungsarten. Isch kann nischt einmal eine Quadratwurzel mit meinem Neuralnetz-Computer ziehen. Aber wozu at man Digitalrechner?«

»Interessant«, sagte er etwas verwirrt, »aber du weißt, was eine Quadratwurzel ist.«

»Sischer. Isch abe doch Mathematik gelernt. Eine Quadratwurzel...«

»Hör bitte auf! Ich hasse Mathematik. Sag mir lieber, ob du dieses ganze Buch Wort für Wort auswendig gelernt hast.«

»Aber ja. Isch abe allerdings undertseschzehn Fragen dazu. Die erste ast du eben beantwortet. Die zweite lautet: was sind Protozön?«

»Protozön ist noch viel schlimmer als obszön.«

Sie schaute ihn fragend an. Ja, sie hatte richtig etwas ungläubig Fragendes im Ausdruck. Diese Menschenähnlichkeit war schon frappant. Man vergaß immer wieder, daß sie eine Maschine war.

»Quatsch! Das war Unsinn. Ich habe einen blöden Witz gemacht. Also ›Protozoen‹ heißt es. ›Pro-to-zo-en‹«, sagte er stolz.

»Und was ist das?«

»Das sind... Naja, so genau wie es im Lexikon steht, weiß ich es nicht. Es sind jedenfalls solche kleinen Biester, solche Urviecher, solche ganz winzigen...«

»Wenn du es nischt genau weißt, muß isch das Lexikon lesen. Das steht sowieso auf meinem Plan. Wie gut, daß du eins ast.«

»Und das willst du dann auch auswendig lernen?«

»Ja. – Das ist doch einfach. Kannst du das nischt?«

»Nein, das kann ich nicht. Und das will ich auch nicht. Wenn ich sieben Bände Lexikon im Kopf habe, dann kriege ich ja nichts anderes mehr rein.«

»Wie groß ist deine Speischerkapazität?«

»Weiß ich nicht. Das heißt, das weiß überhaupt niemand. Das ist bis jetzt noch nicht erforscht. Ist deine denn unbegrenzt?«

»Nein. Aber isch darf sie nischt angeben. Das ist ein Betriebsge-eimnis. Isch kann dir öxtens sagen, ob sie größer oder kleiner ist als deine, aber wenn du deine nischt kennst, dann kann isch das nischt. – Soll isch dir jetzt die anderen Fragen stellen?«

»Nein. Ich werde dir keine einzige beantworten können. In Geschichte war ich in der Schule immer schlecht. Ich hab das alles nicht behalten können. Ich habe dir übrigens was zum Anziehen mitgebracht.« Er packte die Sachen aus und verteilte sie vor ihr auf verschiedene Stühle. »Gefällt es dir?«

»Es ist nischt das, was isch mir vorgestellt abe.«

»Vorgestellt. – Was hast du dir denn vorgestellt?«

»Zum Beispiel einen Cardigan.«

»Was ist das denn?«

»Der Clubstil des feinen sportlischen Cardigans mit dekorativer Verschlußlösung läßt nischts zu wünschen übrisch. Fast aristokratisch wirkt das applizierte Wappen aus Schmuckperlen und Pailletten. 50 Prozent Schurwolle, 50 Prozent Polyester. Dazu eine Ose – eine Rarität! Ahnentritt-Muster auf seidischem Mischgewebe. Gürtelschlaufen, schräge Schubtaschen. 56 Prozent Seide, 44 Prozent Acetat.«

»Häh?«

»Isch kann es dir auch zeigen.« Und sie griff neben sich und nahm vom Boden ein Modejournal auf, ein Belegexemplar für Fotos, die er mal gemacht hatte. Er sah sich das Bild an. Ach Gott, das war ja Pitschy! Ihre rotbraunen Haare diesmal nach links und rechts weit und wild ausladend gekämmt. Sie trug so eine Art schwarze oder dunkelblaue Clubjacke mit aufgestickten goldenen Wappen auf der linken Brust und über dem rechten Jackenzipfel. Das also war ein »Cardigan«. Er hatte das Bild gemacht, das fiel ihm wieder ein, aber dieses Modechinesisch sollte der Teufel holen. Den zugehörigen Text hatte sie doch tatsächlich auch auswendig gelernt. Die behielt offenbar alles, was sie las.

»Weißt du denn auch, was das kostet?«

»Ja. Der Cardigan kostet zweiundertfünfundzwanzisch Mark, die Ose zweiundertneunzisch Mark, und die elfenbeinfarbene Bluse aus Satin mit markantem Reverskragen und Umlegemanschetten zweiundertfünfzisch Mark. Zusammen mit dem Lackgürtel aus Kunststoff und zweifarbiger Metallschnalle, der goldfarbenen Gliederkette mit Schmuckperlen und den Ohrclips mit großer perlmuttschimmernder Schmuckperle kostet alles neunundertfünfundachtzisch Mark.«

»Donnerwetter! Und warum rückst du damit erst heraus, wenn ich danach frage?«

»Mein weibliches Programm sagt, daß eine Frau alle Preise kennt, aber nischt davon anfängt zu spreschen.«

»Hoch lebe la Trémouille! Aber nun haben wir nichts anderes als diese Klamotten hier. Den anderen Kram muß man bestellen, und dann dauert das mindestens drei Wochen. So lange kannst du unmöglich nackt herumlaufen.«

»Na gut«, sagte sie, »wegen der Entnacktung nehme isch dies. Erzlischen Dank! Isch freue misch ganz toll darüber. Es ist wirklisch alles sehr übsch.«

Das hatte sie also auch gelernt. Man bedankt sich, wenn man was geschenkt kriegt. Freut sich »ganz toll« darüber. Freuen. Ob die sich freuen konnte? Wirklich freuen? Er beschloß, diese Frage auf eine spätere Gelegenheit zu vertagen. Zunächst einmal mußte sie probeweise angepellt werden, und das war gar nicht einfach. Sie konnte sich zwar erstaunlich gut bewegen, aber Anziehen hatte sie noch nicht gelernt. Warum hatte man ihr das wohl nicht beigebracht? Wahrscheinlich hatte sich la Trémouille, der wohl ihr erster Erzieher gewesen war, gedacht, dieser Unterricht sei für ihren Besitzer von pikantem Reiz, und sich darin nicht getäuscht. Ihre aparte Ungeschicklichkeit erregte ihn. Als sie auf einem Bein stehen mußte, damit er ihr den Slip über das andere hinaufziehen konnte, hielt sie sich richtig süß an ihm fest, und ihre Haare kitzelten ihn im Gesicht. Das Zuknöpfen der Bluse bereitete ihr auch Schwierigkeiten. Mit Hilfe von vier Händen, die sich gelegentlich ineinander verhedderten, schafften sie es in vereinter Mühe. Dabei kam er naturgemäß dauernd an ihre Brüste, und so albern es war, funktionierte der Reizmechanismus bei ihm prompt. Bin ich etwa auch nichts weiter als eine Reflexmaschine? fuhr es ihm durch den Kopf. Er kam nicht dagegen an, und als sie den letzten Knopf der Bluse geschlossen hatten, war es nicht mehr zum Aushalten. Er hob sie hoch und trug sie ins Schlafzimmer, legte sie aufs Bett, zog ihr den Slip wieder aus, und im selben Augenblick begann sie mit einer Wahnsinns-Brunststimme zu stöhnen. – Aha – Erotik-Programm, durch Slip-Abziehen ausgelöst. – Diese Vorstellung ernüchterte ihn keineswegs, nein, im Gegenteil, er wurde nur noch wilder auf sie. Er riß die Hose runter und warf sich über sie. Sie stöhnte ihm ins Gesicht, aber keinen Hauch verspürte er auf der Haut. Lautsprecher atmen nicht. Das war irre, das war wahnsinnig! Das zog! Das zog! Mein Gott, wie das zog! Besinnung verlieren. Total! Absolut! Aber noch nicht sofort! Nicht so schnell! Zusammenreißen, ausdehnen, genießen! Diese Variationen im Stöhnen, dieses Anschwellen, Schreien, Verbeben. Mein Gott, als ob sie... ob sie wirklich... Und sie griff ihm mit den änden in die Haare, sie zog sein Gesicht auf ihres herab. Mund auf Mund. Kühler Mund. Heizung nicht... Aber besser, viel besser ... Und sie küßte ihn. Hatte sogar eine nasse Zunge, die sie ihm... Gar nicht gewußt, daß sie... Ohhh!... Es war nicht mehr auszuhalten...

Es klingelte an der Wohnungstür.

7. KAPITEL

Die Wirkung auf Marion

Wer ist das denn nun? Wahrscheinlich Marion. Wer sonst? Nicht reagieren: Wird schon wieder gehen. – Irrtum, es klingelte schon wieder.

Er stand auf und zog sich an. Wieder klingelte es. »Ja! Ja! Ja!« Natürlich stand Marion draußen, schmerzumflort. Das konnte heiter werden.

»Ich wußte, daß du da bist. Ich muß dich unbedingt sprechen, auch wenn ich dich stören sollte. Es tut mir leid, es muß unbedingt sein.«

»Du kannst jetzt nicht bei mir reinkommen. Ich habe... bei mir ist es...«

»Komm zu mir rüber, bitte!«

»Na schön, aber ich muß erst noch... Ich habe was auf dem Herd. Geh schon rüber, ich komme sofort.«

Sorgfältig schloß er hinter sich die Tür. Dann ging er ins Schlafzimmer zu Ilonka.

»Ich muß mal eben zu meiner Nachbarin. Ich lasse dich so lange hier allein. Mach bitte keinen Unsinn.«

»Was ist Unsinn?«

»Also zum Beispiel: Sing nicht, mach keine laute Musik, verlaß die Wohnung nicht. Es wird das beste sein, ich schließe dich ein.«

»Warum ist das Unsinn? Ist Singen Unsinn, ist laute Musik Unsinn?«

»Nein, natürlich nicht. Aber es soll niemand merken, daß du hier bist. Verstanden?«

»Sischer. – Warum sagst du das nischt gleisch?«

»Weiß ich nicht. Aber nun habe ich es gesagt. Du kannst ja wieder was lesen. Oder soll ich dich solange abschalten?«

»Nein. – Aber isch brauche eine frische Batterie.«

Also das auch noch. Er nahm die aufgeladene Batterie, sie legte sich aufs Bett und spreizte die Beine. Er beugte sich über sie, um die verbrauchte Batterie herauszuziehen.

»I-i-iii! Du kitzelst misch!«

»Wieso kitzeln? Spürst du das überhaupt?«

»Nein. Aber isch weiß, daß es kitzelt, wenn man da infaßt. Und wenn es kitzelt, muß man ›i-i-iii‹ machen.«

Perfekt instruiert, um das fehlende Nervensystem zu simulieren. Er löste die Kontakte, und augenblicklich war sie leblos. Er schloß die neue Batterie an, und sofort war sie wieder lebendig. Das stimmte also: kurze Stromunterbrechungen schadeten nicht. »Ich gehe jetzt rüber. Ich komme so bald wie möglich zurück.«

»Wie eißt denn die Nachbarin? Eißt sie Marion?«

»Ja. – Wieso weißt du das?«

»Du ast misch zuerst Marion genannt, eute morgen. Ist sie deine Freundin?«

»Ein bißchen. Aber sie ist keine Freundin, mit der man ins Bett geht, wenn du das meinst.«

»Warum nischt? Kann man das nischt?«

»Mann kann das nicht. Aber das erkläre ich dir ein anderes Mal.«

Er schloß seine Wohnungstür ab, die zu Marions Apartment stand offen. In tiefem Leid saß sie in einem Sessel, den Kopf ausdrucksvoll in die rechte Hand gestützt. Was war geschehen? Sie begann nicht sofort ihre Klage, nachdem er sich gesetzt hatte, sondern ließ ihn erst die Mitleidsfrage stellen. Natürlich handelte es sich um Renate, was er sich hätte denken können. Also, Renate war nicht gekommen. Sie hatte telefoniert, daß sie nicht kommen würde, daß sie wahrscheinlich nie mehr kommen würde, daß sie jetzt irgendeinen Kerl habe, mit dem es ihr nun aber wirklich ernst sei. Sie wolle das auf keinen Fall aufs Spiel setzen, weil dieser Kerl eben überhaupt kein Verständnis habe für

Lesberei und doppelköpfige Dildos. Sie müsse erst mal abwarten, ob sie ihm mit der Zeit nicht doch etwas mehr Toleranz beibringen könne. Und was Marion eben ganz besonders schmerzte: es war ein Irrweg, ein schrecklicher Irrweg für Renate. Sie war nicht für Männer geschaffen, ganz und gar nicht für Männer geschaffen, und das wußte sie auch. Das heißt, manchmal wußte sie es eben nicht, manchmal ließ sie sich vom tradierten Rollenverständnis überrumpeln, vom wahnhaften Glauben an ihr Glück mit einem Mann betören. Die Arme, die Ärmste! Nein, Marions Schmerz beruhte nicht auf Marions gekränkter Liebe, sondern auf Marions Sorge um Renates Wahn. Dieser Mann – nein, sie kenne ihn nicht persönlich, aber sie wisse genug von ihm –, dieser Mann werde Renate zerbrechen, werde sie vollkommen zerstören, und das eben sei das Entsetzliche.

Sie solle, meinte Pit Corduan, Marions Klagegesang unterbrechend, sich nicht solche fruchtlosen Sorgen machen. Keiner könne sagen, was für einen anderen richtig und gut sei. Man irre sich da oft gewaltig, weil man ja doch nur alles aus eigener Sicht beurteile, und die sei nun mal in erster Linie egoistisch, könne gar nicht anders sein als egoistisch, und auch Marion – bitte, da könne sie soviel protestieren wie sie wolle –, auch Marion sei vor allem die gekränkte Geliebte, und das könne er ja auch verstehen, schließlich habe sie sich auf Renates Besuch gefreut, extra einen Fischsalat gezaubert...

Ach Gott ja, der Fischsalat. Der stehe ja auch noch im Kühlschrank, und ob er ihn haben wolle. Ihr sei der Appetit gründlich vergangen. Auch noch geschnitten habe sie sich, beim Zerschnippeln der Fische, tief in den Finger, und geblutet habe das! ›So was kann einer Androidin nicht passieren‹, dachte Pit, ›blutleer wie die sind.‹ Nein, er wollte keinen Fischsalat. Er mochte überhaupt keinen Fischsalat. Dann müsse sie ihn eben den Möwen zum Fraße vorwerfen, seufzte Marion in tiefer Resignation.

Darauf schwieg sie einen Augenblick und sah ihn von unten herauf aus schmalen Augenschlitzen an. »Vielleicht mag dein Besuch ja Fischsalat.«

»Was für ein Besuch?«

»Nun tu nicht so. Ich weiß, daß du Besuch bei dir hast, weiblichen Besuch. Ich will nicht indiskret sein. Du hast mir nichts davon erzählt. Brauchst du ja auch nicht. Aber – vielleicht mag sie ja Fischsalat. Du kannst sie ja mal fragen. Ich kann so schlecht was wegschmeißen.«

Leugnen war zwecklos. Da hatte sie also was gehört. Na gut. Irgendwann hätte sie ja doch von Ilonka erfahren.

»Stimmt«, sagte er lächelnd. »Ich habe Besuch, aber das wollte ich nicht an die große Glocke hängen. Ich bin mir überhaupt noch nicht im klaren über sie.«

»Hübsch? – Aber das versteht sich ja von selbst. – Wie heißt sie denn?«

»Ilonka.«

»Gefällt mir – der Name. Macht's Spaß mit ihr?«

»Hmm.«

»Du bringst doch sonst keine in dein ›Jagdzimmer‹ mit. Haben deine Trophäen sie denn nicht abgeschreckt?«

»Im Gegenteil.«

»So. – Dann muß sie wohl auch diese schreckliche Gipserei über sich ergehen lassen. Oder hast du sie bereits...?«

»Ja – aber schon früher. Sie hängt längst an der Wand. Ilonka ist die Neuauflage eines früheren Verhältnisses. Das ist bei mir noch nie vorgekommen, und deshalb bin ich eben etwas unsicher.«

»Hol sie doch mal rüber«, schlug Marion vor, plötzlich sehr munter.

»Was? Jetzt?«

»Ja, jetzt. Das bringt mich vielleicht auf andere Gedanken. Wir könnten ein bißchen zusammenhocken, klönen, was trinken und...«

»Ilonka ißt bestimmt keinen Fischsalat.«

»Braucht sie ja auch nicht. Ich möchte sie nur mal kennenlernen.«

»Um sie mir wegzuschnappen.«

»Wer weiß. – Man tut jeder Frau einen Gefallen, wenn man sie von dir abbringt. Außerdem bist du sie ja doch bald wieder leid. Guck nicht so! Jetzt holst du sie wahrscheinlich schon deshalb nicht rüber, weil du Angst hast.«

»Irrtum. Hab ich nicht. Ilonka ist nicht lesbisch programmiert.«

»Komische Ausdrucksweise. Eine Frau ist doch kein Computer.«

»Manche schon. – Gut, ich hole sie.«

Ilonka saß wieder im Sessel und las – im Bertelsmann-Lexikon. Dieser beängstigende Wissenseifer. Außerdem hatte sie sich was angezogen, eine Jeanshose und – seinen weinroten Cashmere-Pullover.

»Das ist meiner«, sagte Pit.

»Isch weiß, aber er gefällt mir.«

Es gab ja wohl Männer, die es toll fanden, wenn Weiber sich an ihren Klamotten vergriffen. Er hatte das nie ausstehen können. Man umarmt eine Frau und riecht sich selbst. Ekelhaft. – Er mußte ihr das unbedingt austreiben, aber im Augenblick war keine Zeit dafür. Er gab ihr zu verstehen, daß sie jetzt mit ihm zu Marion rübergehen solle. Er war selber überrascht, daß er den Mut hatte, die Androidin schon heute zu präsentieren, aber er wollte einfach wissen, ob Marion merkte, daß sie künstlich war. Es war ein Risiko, natürlich. Keiner konnte voraussagen, was sie plötzlich brachte, aber das Wagnis war zu reizvoll.

»Steh mal auf und geh durchs Zimmer«, sagte er. »Ich will sehen, ob das einigermaßen funktioniert.»

Ilonka stand etwas wacklig vom Sessel auf und ging vorsichtig, Schritt für Schritt um den Tisch herum. Das sah leicht betrunken aus.

»Wenn du so schwankst, muß ich Marion sagen, daß du keinen Whisky verträgst.«

»Es geht gleisch besser. Isch muß noch etwas üben.« Und sie drehte weitere Runden. Zusehends gewann ihr Gang an Leichtigkeit und Eleganz und verlor alle Puppenhaftigkeit.

»Also, wenn wir gleich bei Marion sind«, sagte Pit in ihre Übungen hinein, »dann widersprich nicht, wenn davon die Rede ist, daß wir uns schon länger kennen. Du bist ein Fotomodell mit dem Künstlernamen ›Ilonka‹. Du heißt eigentlich Martina, und in ›Lui‹ warst du auch schon.«

»Was ist Lui?«

»Eine Sammlung von nackten Fotomädchen mit nix als Gequassel drumrum. Mehr weiß ich nicht von dir. Du darfst dir ausdenken, was du willst, wenn du das überhaupt kannst. Am besten redest du nicht zuviel, und wenn ich... wenn ich... ja, wenn ich ›Muschipussi‹ zu dir sage, hörst du sofort auf zu quatschen.«

Nach zehn Minuten war Pit Corduan sicher, daß alles klappte. Marion hatte keinen Augenblick gestutzt, als er mit Ilonka zur Tür reingekommen war. Sie hatten sich die Hand gegeben, und da war ihm erst der Schreck in die Glieder gefahren, weil ihm eingefallen war, das Ilonka überhaupt nicht beheizt war. Würde das eiskalte Händchen auffallen? Nein, es fiel nicht auf. Dann hatten sie sich alle hingesetzt und Marion hatte eine ungeheure Suada losgelassen, über Sylt, über das Wetter, über Keitum, über Pit, über sich, und Ilonka hatte höflich »ja« gesagt und »aha« und »ach so«. Wenn er plötzlich gesagt hätte »Ilonka ist eine Androidin«, hätte Marion das für einen blöden Witz gehalten.

»Kinder, was trinken wir denn?« fuhr Marion plötzlich auf. »Wir sitzen ja schon die ganze Zeit trocken. Das ist kein Zustand.«

»Ich trinke einen Whisky«, sagte Pit schnell, »und Ilonka trinkt gar nichts.« Rechtzeitig war ihm eingefallen, daß sie Trinken noch nicht geübt hatten. Das konnte eine Katastrophe werden. Er war sich nicht sicher, ob sie das wirklich auf Anhieb hinkriegen würde. Womöglich schüttete sie alles über seinen Cashmere-Pullover.

»Oh, gar nichts?« Marion war mitleidig überrascht.

»Isch trinke auch einen Whisky, wenn isch einen bekomme.«

»Muschipussi!« fuhr er sie leise an.

»Du willst doch nicht etwa deiner Freundin das Trinken verbieten.«

»Sie verträgt es nicht. Ich kenne das.«

»Du benimmst dich ja, als wärest du mit ihr verheiratet. – Ilonka, laß dir nichts... ich darf doch ›du‹ zu dir sagen... laß dir das nicht gefallen. Also – wieviel darf ich dir einschenken? Sag halt, wenn ich aufhören soll.«

Marion schenkte ihr ein, und Ilonka sagte gar nichts. Als das halbe Glas voll war, setzte sie vorsichtshalber mal die Flasche ab. »Soviel, ja?«

»Das ist bereits viel zu viel«, stöhnte Pit. »Aber sie sagt nichts, weil ich es ihr verboten habe. Vielleicht ist sie jetzt sauer auf mich. Ilonka, du darfst wieder was sagen.«

»Dann sage isch danke, es reischt mir.«

Marion war baff. »Die gehorcht dir ja aufs Wort. Die hast du aber toll dressiert. Ilonka! Das gibt es doch nicht! Wie kann eine Frau diesem Schuft so hörig sein! Wo kommst du denn her? Aus Frankreich, vermute ich, wegen deiner Aussprache. Aber da sind doch die Frauen nicht so untertänig.«

»Isch eiße Ilonka, aber eigentlisch eiße isch Martina. Isch bin ein Fotomodell und war schon mal im Lui. Das ist eine Sammlung von nackten Fotomädchen mit nix als Gequassel drumrum.«

O Gott! Die Katastrophe kam ja doch! Er hätte an ihren Akzent denken sollen! Warum hatte er ihr den Namen ihres körperlichen Originals genannt? Und daß die alles wörtlich wiederholte, was man ihr mal gesagt hatte, konnte ja zu den schauerlichsten Komplikationen führen.

»Also, es ist so«, mischte er sich ein, »Ilonka ist in Frankreich aufgewachsen. Ihre Mutter ist Französin, ihr Vater Deutscher. Deshalb spricht sie zwar ein tadelloses Deutsch, aber eben mit Akzent.«

»Das kann sie mir doch auch alles selber sagen. Du scheinst sie ja wahnsinnig zu bevormunden. – Entschuldige, Ilonka, dein Freund Pit und ich, wir kennen uns schon ziemlich lange und sagen uns alles offen ins Gesicht. Aber wir nehmen es uns nicht übel. Jetzt aber erst mal ›prost‹!«

Sie hoben ihre Gläser. Pit starrte auf Ilonka und kam darüber selber nicht zum Trinken. Ilonka hob das halbvolle Whiskyglas zu den Lippen, öffnete den Mund und schüttete sich alles auf einmal hinein. Dann schloß sie die Lippen wieder und setzte das leere Glas auf die Tischplatte.

»Alle Achtung!« sagte Marion. »Und du behauptest, sie verträgt es nicht. Offenbar weiß sie es besser.«

»Warten... warten wir es ab.«

Ohne zu schlucken, wie ein Korpsstudent aus alten Zeiten!

»Du weißt offenbar noch nicht sehr viel über Ilonka«, sagte Marion, die ihr wieder das Glas halbvoll mit Whisky füllte. »Mir ist sie sehr sympathisch. Und jetzt erzählt sie mir vielleicht mal, woher sie kommt, was sie macht und so.«

»Das ist nicht viel zu erzählen«, versuchte Pit abzuwehren. »Sie ist halt ein Fotomodell. Sie reist herum und hat Termine und übernachtet in Hotels und wird in Bars eingeladen. Das Übliche eben. Nicht wahr, Ilonka?«

»Ja, das Üblische. – In Mexiko abe isch in einer Bar einen russischen Diplomaten kennengelernt, der at einen Stern mit vierundzwanzisch Punkt acht Punkt eintausendsiebenundertneunzisch in Riga gemacht und ein Kreuz mit neunzehn Punkt drei Punkt eintausendachtundertdreiundseschzisch in Petersburg. Dann kannte isch noch einen Meyer, der war der erste Adolf und Arschitekt. Der machte einen Stern mit siebzehn Punkt sechs Punkt eintausendachtunderteinundachtzisch in Meschernisch. Meschernisch ist eine Gemeinde in Nordrhein-Westfalen, Ldkrs Schleiden in der nördl Eifel Fünftausendneunundert Ew. Er machte ein Kreuz mit vierundzwanzisch Punkt sieben Punkt eintausendneunundertneunundzwanzisch in Baltrum. Baltrum ist eine ostfries Insel. Sie ist neun qkm und acht km lang und achtundert Ew. Isch verstehe das nischt ganz, aber es ist so.«

»Muschipussi!« zischte Pit.

Marion lachte. »Was erzählst du denn da? Vielleicht hat Pit doch recht, und du verträgst keinen Whisky.«

»Neinnein«, sagte Pit, der sehr rasch geschaltet hatte. »Das ist ein neues Gesellschaftsspiel. Kommt aus Amerika. In München ist es zur Zeit total in. ›Lexical Conversation‹ – LC. Jeder muß was aus dem Konversationslexikon erzählen mit all den komischen Abkürzungen. Wenn ein anderer davon etwas aufgreifen und aus einem anderen Lexikon-Artikel zitieren kann, bekommt er einen Pluspunkt. Die Symbole muß man originell umschreiben. ›Er machte einen Stern‹ heißt, ›er wurde geboren‹. ›Er machte ein Kreuz‹ – ›er starb‹. Und so weiter. Beim Stichwort ›Baltrum‹ hätten du oder ich sagen können ›Baltrum ist eine ostfries Insel‹, dann hätte es einen Punkt gegeben. Weil keiner eingriff, hat Ilonka es selber gesagt. Damit hätte sie einen zusätzlichen Punkt gemacht, wenn wir richtig gespielt hätten. Ja, es klingt schon komisch, wenn einer damit plötzlich anfängt. Sie dachte wahrscheinlich, in Berlin kennt man das schon.«

»Komisches Spiel! Da muß einer ja vorher ein ganzes Lexikon auswendig lernen. Da hab ich noch nie von gehört.«

»Wird bestimmt noch kommen. Scheint sich regelrecht epidemisch auszubreiten. Ich kannte es auch noch nicht. Ilonka will es mir dauernd beibringen, aber ich weiß einfach zu wenig.«

»Soso«, sagte Marion amüsiert, »dann gibst du also zu, daß Ilonka schlauer ist als du. Eine erstaunliche Neuerung bei dir.«

»Sie hat eben ein wahnsinniges Gedächtnis, das ist alles. Sie behält sofort, was sie liest.«

Ilonka schwieg. Seit dem Zauberwort »Muschipussi« sagte sie nichts mehr. Befriedigt stellte Corduan fest, daß sie gehorchte. Sie würde erst wieder reden, wenn er ihr gestattete, den Mund aufzumachen. Äußerst praktisch. Wenn man das doch bei richtigen Frauen auch so machen könnte. Wieviel Unsinn ließe sich da nicht einfach abschalten! Er war sehr stolz auf sich, daß er sofort gemerkt hatte, aus welcher Quelle Ilonka ihr Wissen schöpfte. Es war einfach Leichtsinn gewesen, sie schon am ersten Tag jemandem vorzuführen. Als nächstes mußte er ihr die geläufigen Abkürzungen beibringen. Sonst nützte es überhaupt nichts, daß sie das Lexikon auswendig lernte. Nachhilfeunterricht, na schön. Aber es war immerhin erstaunlich, wie sie Gelesenes miteinander kombinieren konnte. Baltrum, Mechernich! Zu Riga und Petersburg hatte sie nur deshalb nichts gesagt, weil sie bloß bis »Mey-« gekommen war.

Pit und Marion unterhielten sich eine Weile über verschiedene Dinge, die »in« oder »out« waren, und es fiel ihm auf, daß die Malerin ihre Blicke nicht fortbekam von Ilonka, die inzwischen einen zweiten und dritten Whisky in sich hineingeschüttet hatte. Schließlich rückte Marion mit etwas heraus, was sie offensichtlich schon die ganze Zeit bewegt hatte.

»Ich möchte deine Freundin malen. Dazu brauche ich dich zwar nicht um Erlaubnis zu fragen, sie muß schon selbst entscheiden, ob sie das will. Aber ich informiere dich trotzdem – aus alter Freundschaft. Sie ist das Modell, nach dem ich schon lange gesucht habe. Ich habe schon fast geglaubt, das gibt es gar nicht. Das ist nur eine Wunschvorstellung von mir. Ich bin total hin. Ich kann es noch gar nicht glauben. Verlang bitte nicht, daß ich das in Worte fasse. Ich bin eine Malerin, und dichten kann ich nicht. Ich spreche mit dem Pinsel. Wenn ich sie gemalt habe, wirst du vielleicht am Bild erkennen, was ich meine.«

»Du dachtest natürlich an ein Aktgemälde, wie ich dich kenne.«

»Oh, wie gut du mich doch kennst.«

»Du hast sie ja noch nicht mal nackt gesehen. Vielleicht ist dein Enthusiasmus etwas verfrüht.«

»Ich wäre eine sehr schlechte Malerin, wenn ich einen Körper nicht durch die Kleider hindurch erahnte.«

»Na schön, na gut. – Was sagst du denn dazu, Ilonka? Willst du dich von ihr malen lassen als süße Nackedeiin?«

»Gerne. Das finde isch schön.« Nun sprach sie also wieder.

Es war Corduan völlig klar, daß die Sache sehr heikel zu werden begann. Marion suchte einen Ersatz für Renate. Aber glaubte sie wirklich, daß sie das vor ihm hinter gespielter künstlerischer Inspiriertheit verstecken konnte? Ja, wahrscheinlich war sie so naiv. Außerdem macht Sex ja wahnsinnig dumm. Also, wie sollte er sich dazu stellen? Eifersüchtig sein? Das wäre ja Spitzenkomik. Ilonka war schließlich eine Computer-Puppe und keine Frau. Und Marion hatte sich offenbar in sie verliebt. Das war schon sehr lustig.

»Und du«, fragte Marion, »du großer Pascha, was sagst du dazu?«

»Ich fände das auch schön. Sehr schön. Dann mal sie doch mal.«

8. KAPITEL

James Bond in Keitum

Müssen Androidinnen schlafen? Sie haben doch »nur« einen künstlichen Körper, und wie ein Motor, der fortlaufend mit Treibstoff versorgt wird, ohne weiteres Tag und Nacht laufen kann, so müßte im Prinzip auch eine Androidin, wenn man sie alle paar Stunden mit einer frischaufgeladenen Batterie versorgt, rund um die Uhr munter sein. – Nein, so war es nicht. Ilonka verneinte ganz entschieden Pit Corduans diesbezügliche Frage. Sie mußte täglich schlafen genau wie ein Mensch, und nicht etwa, weil man sie dem humanen Zeitrhythmus angepaßt hatte, damit sie nicht als abnorm auffiel, sondern weil sie ermüdete. Aber nicht ihr Körper brauche die Ruhe – acht Stunden, wenigstens sieben –, sondern ihr Geist. Das sei im übrigen auch nicht anders als beim Menschen, belehrte sie ihn. Man habe lange geglaubt, der Geist sei unermüdbar, und nur das Fleisch sei eben schwach, bis man herausgefunden habe, daß es umgekehrt sei. Das Gehirn brauche Ruhepausen, sonst drehe es durch, halluziniere und bringe alles durcheinander. Mit einem hochentwickelten Neuralnetzcomputer sei es genauso.

So verlangte Ilonka, als sie sich schließlich bei Marion losgeeist hatten, dringend nach dem Bett. Sie brauchte eine frische Batterie und wollte angeschaltet bleiben. Der Stromverbrauch sei während der Nachtruhe minimal. Sie zog ihre Kleider aus – das klappte jetzt viel besser – und legte sich nackt ins Bett. Wozu ein Nachthemd? Er hatte sowieso vergessen, eins zu kaufen, und sie wollte auch gar keins. Wenn er plötzlich Lust auf sie kriegte, sei es doch viel einfacher so. Allerdings müsse er dann ihren kalten Körper lieben, denn wenn die ganze Nacht ihre Heizung liefe, halte die Batterie auf keinen Fall bis zum Morgen durch.

Es war zehn Uhr. Pit konnte jetzt unmöglich schlafen. Er war viel zu durchgedreht und mußte erst mal Abstand gewinnen von allem, was heute passiert war. Er verabschiedete sich von Ilonka mit einem Kuß. Sie schloß die Augen und schien sofort »eingeschlafen« zu sein. Er ging in die Küche, um noch ein paar Reste vom Frühstück zu essen. Er hatte den ganzen Tag nichts Vernünftiges gehabt. Mit zwei Brötchen und einer Flasche Louis Roederer ging er in den Wohnraum und versuchte, sich zu entspannen. Jetzt hatte er also statt einer Sexpuppe zu gelegentlichem Vergnügen eine komplizierte Androidin, die man keinen Augenblick allein lassen konnte, weil sie zwar die unwahrscheinlichsten Dinge wußte und mit einem Affenzahn lernte, aber zugleich unwissender war als ein zehnjähriges Kind. Keiner hatte ihn gefragt, ob er so was haben wollte. Man erpreßte ihn. Wenn er die Öffentlichkeit informierte, wurde er umgebracht. Das hatte sie ihm durch ihren eingelernten Text mitgeteilt. Auch vernachlässigen durfte er sie nicht. Wer das wohl kontrollierte? Wenn er nun einfach die frische Batterie verweigerte, wenn er sie als Puppe in seinem Bett liegen ließ, Marion erzählte, sie sei wieder abgereist, und so tat, als gebe es sie nicht mehr, was dann? Gab es jemanden, der das merkte? Wahrscheinlich. Vielleicht war seine Wohnung total verwanzt, und jedes Geräusch wurde abgehört. Wenn er nicht mehr mit Ilonka sprach, wußte man, daß er sie abgeschaltet hatte. Wieder fiel ihm der Uhrenfan ein, der neben dem Haus geparkt hatte. Ob er jetzt wieder...? Pit verließ die Wohnung, ging die Treppe runter und spähte aus der Haustür. Auf dem Privatparkplatz standen nur ein paar Autos, deren Besitzer er alle kannte. Der rote Toyota Corolla war nicht da. Aber was bedeutete das schon? Manche Apartments hier wurden ja ausschließlich vermietet und nie von ihren Eigentümern benutzt. Wer wohnte denn zum Beispiel zur Zeit in seinem eigenen Parterre-Apartment? Er hatte sich überhaupt noch nicht darum gekümmert. Meike besorgte die Vermietungen über das ganze Jahr, und er bekam die Abrechnung nach Hamburg geschickt und das Geld aufs Konto.

Er ging zurück in den Wohnraum. Morgen müßte er unten mal anklingeln, sich erkundigen, ob man zufrieden sei und ein bißchen rumschnuppern. Aber sehr wahrscheinlich würde das gar nichts bringen. Die waren doch nicht so dreist und dumm, seine eigene Wohnung anzumieten, um ihn von da aus abzuhören. Dort standen bestimmt keine eindeutigen Lauschgeräte rum. Die saßen wahrscheinlich in einem anderen der insgesamt acht Apartments in den beiden Häusern. Sollte er etwa da überall anklingeln?

Natürlich wurde er überwacht. Es war überhaupt nicht denkbar, daß man ihm diese teure Androidin einfach so überließ und darauf vertraute, daß er alles schon richtig machen würde. Von jetzt an lebte er also nicht mehr privat, sondern war dauernd auf Sendung. Es war das beste, sich damit einfach abzufinden. Wer dieses irrsinnige Androiden-Projekt finanzieren konnte, für den war es ein Klacks, Spione und Killer zu beschaffen. Es war vollkommen aussichtslos, zu versuchen, die Dunkelmänner oder den großen Drahtzieher aufspüren zu wollen. Eine Aufgabe für James Bond. Sollte er James Bond spielen? Er war überhaupt nicht der Typ dazu. Und wer hätte ihm die nötigen Spezialwaffen und -fahrzeuge beschafft, ohne die auch James Bond nichts vermochte?

James Bond – er lehnte sich im Sessel zurück und trank das dritte Glas Louis Roederer –, da ging es immer um die Rettung der Menschheit vor der Vernichtung durch einen machthungrigen Wahnsinnigen. War das hier nicht wirklich so ähnlich? Wozu entwickelte jemand mit irrsinnigen Kosten Androiden? Um die Menschheit zu vernichten, na klar. Wenn sich die erste Generation mit Wissen vollgesogen hatte – sie wurden ja ausgesetzt wie die Vampire – , dann kam eine zweite, die bedeutend verbessert war. Von Menschen waren diese Androiden nicht mehr zu unterscheiden, und mit übermenschlicher Intelligenz drängten sie nach und nach die Menschen aus allen Schaltstellen der Macht. »Blade Runner« fiel ihm ein, dieser wahnsinnige Science-Fiction-Film. Vielleicht mußten die Menschen wirklich bald auf Androiden-Jagd gehen. Er trank das vierte Glas Louis Roederer.

Wahrscheinlich war es schon lange zu spät. Ja? Wirklich? Wäre es nicht seine Aufgabe, auch wenn er selber dabei draufginge, Alarm zu schlagen? – Na schön. Aber nun einmal gesetzt den Fall, er wollte das wirklich tun? Wie machte man das? Man mußte Ilonka ins Auto setzen – oder einsteigen lassen. Das war schon die erste Frage. Nahm man sie als Puppe mit oder als eingeschaltete Androidin? Aber stellen wir das erst mal zurück. Wohin sollte er mit ihr fahren – hier auf Sylt? Zum Polizeirevier in Westerland? Da saßen doch auch wieder nur solche unfähigen Beamten, wie er sie an der Grenze erlebt hatte. Aber wer sollte sonst zuständig sein? Die Presse etwa? Die schrieben allenfalls einen Artikel, und dann geschah erst mal gar nichts. Eine solche Geschichte würde man für eine Saure-Gurkenzeit-Story halten, für eine Art Loch-Ness-Ente. Bis sich dann wirklich Interesse regte, hätte man ihn längst liquidiert und Ilonka verschwinden lassen. Also doch die Behörde. Schleppte er sie da als Puppe an, dann hielt man sie – wie bereits gehabt – zunächst mal für eine Leiche. Und wenn er sie in Betrieb setzte? Dann sah man ja doch, daß sie eine Androidin war. – Wirklich? Er hatte doch auch ziemlich lange für diese Erkenntnis gebraucht. Auch die Polizei würde sie für ferngesteuert halten. So einfach war diese Annahme nicht zu widerlegen, es sei denn, Ilonka spielte mit und offenbarte ihre Fähigkeiten. Aber sie würde nicht mitspielen. Sie durfte ihr Geheimnis ja nicht verraten. Es war überhaupt sehr die Frage, ob sie sich nicht trotz eingeschalteter Batterie leblos stellen würde. Dann war gar nichts zu beweisen. Also: das brauchte er überhaupt nicht zu versuchen. Und außerdem: selbst wenn man den unwahrscheinlichen Fall annahm, daß Ilonka mitspielte, was würde dann geschehen? Wenn die Aktion Zweck haben sollte, müßte die Androidin in Polizeigewahrsam genommen werden. Tja, aber auf Grund welchen Gesetzes? War die Inbetriebnahme von Androiden verboten, wo es bis heute überhaupt noch keine gegeben hatte? Man würde natürlich, weil man das immer tat, die Personalien aufnehmen, und dann hätte Ilonka keinen Ausweis. Sie brauchte aber auch keinen zu haben, denn für Androiden gab es keine. Bis zur Klärung des Falles an höherem Ort würde man Ilonka ihm in Obhut geben, eventuell mit der Auflage, sich jederzeit zur Verfügung zu halten. Aber Polizeischutz würde man ihm ganz gewiß nicht stellen. Wozu auch? Verfolgte ihn denn jemand? Konnte er das beweisen? Und bis dann an irgendeinem höheren Ort etwas passierte, gab es genug Gelegenheiten, ihn abzumurksen.

Der legale Weg schied also aus. Der wurde von James Bond ja sowieso gemieden. Vorstoßen ins Zentrum der finsteren Macht! Unbewaffnet? – Er hatte doch eine Pistole. Hier in Keitum hatte er eine Pistole, eine Walther PPK. Sie lag in der dritten Kommodenschublade im Flur. Er stand sofort auf, um nachzusehen. Nach Lage der Dinge war es auf jeden Fall besser, wenn er bewaffnet war. Er durchwühlte die Schublade und fand sie nicht. Er suchte auch noch in allen anderen. Nichts. Hatten sie bei ihm eingebrochen und die Waffe weggenommen?

Immerhin denkbar. Aber dann fiel ihm ein, daß er sie vor einem Jahr einmal nach Hamburg mitgenommen hatte. Da lag sie wahrscheinlich heute noch. Na ja, da kam man ja dran. Wichtiger zunächst… zunächst… die Champagnerflasche war leer… eine neue aus dem Kühlschrank… zunächst war die Frage, wo denn dieses Zentrum der Macht… wo man es suchen sollte. In Saint-Malo bei de la Trémouille? Er war ja dagewesen. Hatte er dort etwas bemerkt, das sich in den neuen Zusammenhang fügte? La Trémouille war Bildhauer und hatte sich ganz auf die Herstellung von naturalistischen Schaufensterfiguren geworfen. Sein Atelier war auch eine Geheimadresse für Sexpuppen der Luxusklasse. Was gab es dort zu sehen? Ein riesiges Lager mit Schaufensterpuppen und Gipsabdrücken von Armen, Beinen, Brüsten, Pos und Köpfen, eine unübersichtliche Werkstatt, in der etwa acht bis neun Leute werkelten, ein Büro mit einer beklemmend hübschen Sekretärin, von der ein Double existierte, das hinter einem anderen Schreibtisch saß, immer wieder zu komischen Verwechslungen Anlaß gab und auf diese Weise wirksam für die Qualität der Produkte warb. Er hatte sonst niemanden zu Gesicht bekommen, von dem unklar war, was er betrieb. Aber es war kein Zweifel, nur über Saint-Malo könnte man in die Suche einsteigen.

Wie spät war es jetzt? Schon halb eins. Aber man konnte la Trémouille ja auch nachts etwas auf seinen Anrufbeantworter sprechen. – Er wählte die Nummer.

»La Trémouille.«

»Sie… Sie sind es selbst, Monsieur la Trémouille?«

»Oui-oui. Ja. Gewiß.«

»Ja… das habe ich nicht erwartet. Entschuldigen Sie, daß ich so spät… Hier spricht Pit Corduan.«

»Ah oui. – Aben Sie ein Problem?«

Er sprach, das verwirrte Pit jetzt, genauso wie Ilonka, wie eine männliche Version von Ilonka. Kein Wunder, er hatte ihr ja, wie sie sagte, das Sprechen beigebracht.

»Ja. – Sie haben mir verschwiegen, daß die Puppe, die ich bei Ihnen gekauft habe, eine Androidin ist.«

»Wie bitte?«

»Eine Androidin. – Sie ist eine Androidin.«

»Und was soll das sein?«

»Ach, das wissen Sie nicht? – Seltsam. Eine Androidin ist eine künstliche Frau, die sich bewegt und redet. Sie hat hier plötzlich am Morgen damit angefangen. Sie hat mir eine lange Rede gehalten und mir alles erklärt. Sie haben ihr Deutsch beigebracht, sagt sie. Und das glaube ich gern, denn sie spricht genau Ihren Akzent. Ich möchte Sie fragen, weshalb Sie mir das alles verschwiegen haben.«

»Isch? Isch weiß nischt, wovon Sie reden. Isch abe Ihnen eine Puppe verkauft mit einem Warmwasser-Kreislauf. Sie kann sisch nischt bewegen und auch nischt reden. Das ist Unsinn.«

»Aber das ist... das ist kein Unsinn. Das kann ich Ihnen... das kann ich Ihnen beweisen. Ich werde Ilonka... also ich nenne sie Ilonka... ich werde sie jetzt wecken und ans Telefon holen... und...«

»Monsieur Corduan. Isch bin sehr müde und nur zufällisch noch einmal in meinem Büro. Wenn Sie einen Spaß mit mir voraben, dann verschieben Sie den bitte auf morgen.«

»Spaß, Spaß! Es ist mir ernst. Ich habe Angst, irrsinnige Angst. Sie hat mir bereits gedroht, daß ich umgebracht werde, wenn... wenn ich«

»Wer at Ihnen gedroht?«

»Ilonka... die Androidin... Ihre Puppe.«

»Monsieur Corduan – Sie sind betrunken. Das öre isch ja. Sie sollten Ihren Rausch ausschlafen. Gute Nacht!«

»Sie können beruhigt sein. Ich werde niemandem etwas sagen. Ich rede nur mit Ihnen darüber, weil Sie ja schließlich Bescheid wissen, auch wenn Sie das jetzt leugnen. Also: kein Wort von mir. Ich behalte Ilonka... die Puppe... die Androidin... bringe ihr was bei... alles, was Sie wollen. Das wollte ich Ihnen nur sagen... also... auf mich ist Verlaß.«

»Gute Nacht, Monsieur Corduan.«

Aufgelegt. Tut, als wisse er von nichts. Das ist Taktik. Aber es war auf jeden Fall klug, zu versichern, daß man die Klappe halten würde. Er sollte nicht den Eindruck gewinnen, als versuche man, die Hintermänner ausfindig zu machen. Was also jetzt? Ins Bett gehen. Erst mal ins Bett gehen. Alles überschlafen. Abwarten. Vielleicht konnte er ja aus Ilonka durch geschickte Fragen etwas rauskriegen. So ein Neuralnetz-Computer mußte sich doch irgendwie überlisten lassen.

Er ging ins Schlafzimmer. Ilonka lag da, wie er sie verlassen hatte. Nicht mal gedreht hatte sie sich im Schlafe. Sie wurde auch nicht wach, als er sich auszog und dabei einmal krachend gegen den Schrank taumelte. Er hatte ganz schön einen in der Krone. Er kroch unter die Decke, berührte dabei ihr rechtes, leichenkaltes Bein. Träumen Androiden von elektrischen Schafen? Er hielt das für möglich. Ein schwacher Lichtschein fiel durch das Fenster und beleuchtete ihr maskenschönes Gesicht, und plötzlich begann sein Herz vor Angst stärker zu schlagen. Unmöglich. Er konnte nicht mit ihr in einem Bett schlafen. Wußte er denn, ob sie nicht irgendwann aufwachte und ihn erwürgte? Es brauchte nicht einmal böse Absicht zu sein. Wußte man denn überhaupt schon genau, was in so einem künstlichen Gehirn vorging? Konnte es nicht sein, daß der viele Kram, den sie in sich eingespeichert hatte, durcheinander geriet, daß sich schlimmer Blödsinn zusammenknäuelte? Sie hatte doch vorhin behauptet, Leute zu kennen, die schon lange tot waren. Sie war offenbar nicht in der Lage, Informationen in Bezug auf Gegenwart und Vergangenheit richtig zu sortieren. Vielleicht hielt sie auch Fiktives für real.

Und wenn sie nun träumte und davon aufwachte, warum sollte sie ihn dann nicht, wenn es in ihren Traum paßte, auch mal umbringen? – Also – raus aus dem Bett und auf dem Sofa pennen.

Behutsam richtete er sich auf, überflüssig eigentlich, denn eben war sie bei seinem Radau nicht aufgewacht. Im selben Moment öffnete sie die Augen und erhob sich ein wenig, schaute zu ihm hinüber, dann näherte sie ihr Gesicht dem seinen, legte ihren linken Arm um seinen Hals und küßte ihn. Dann glitt sie wieder auf das Kopfkissen zurück und schloß die Augen.

Was sollte das? Hatte sie gemerkt, daß er aufstehen und sie verlassen wollte? Konnte sie vielleicht Gedanken lesen? Das doch wohl kaum. Auf jeden Fall mußte er jetzt liegenbleiben. Er war an sie gekettet und mußte abwarten, ob er irgendwann in den Schlaf finden würde. Es war eine warme Nacht. Das Fenster stand weit offen, sanftes Blätterrauschen war zu hören. Von irgendwo näherte sich eine Stimmenwoge, anschwellend, sich auseinanderziehend, zerfließend, verebbend: heimkehrende Gartenparty-Gäste. Aus Richtung der Durchgangsstraße irgendwann eine Dreiklang-Autohupe – einmal und nach einer Weile ein zweites Mal. Er wartete auf ein drittes Mal, aber das kam nicht mehr. Unmöglich zu schlafen. – Eine Mücke war im Raum. Hellwach verfolgte er ihren Anflug, die zunehmende Summ-Aggression. Glückliche Ilonka! Sie würde nie von einer Mücke gestochen werden. Die Mücke landete auf seiner Stirn. Er patschte zu. Hatte er sie getroffen? Nichts mehr zu hören. Wohl erledigt. Nein, ein zweiter Anflug. Oder eine zweite Mücke. Die drehte ab. Wieder Ruhe und horchendes Warten. – Meeresrauschen. – Er sollte sein Meeresrauschen anstellen. Nächtliches Meeresrauschen von der Westküste. Das hatte er sich mal aufgenommen, eine Stunde lang Rauschen, »autoreverse« unendlich, für den Fall von

Schlaflosigkeit gedacht und im Recorder neben dem Bett jederzeit abrufbar. Er hatte es bis jetzt noch nie benutzt. Bei einer Übernachtung in Kampen in einem küstennahen Hotel hatte ihn das echte Meeresrauschen einmal sehr angenehm eingeschläfert, und da man hier an der Wattseite darauf verzichten mußte, hatte er es sich als Konserve zugelegt. Also Meeresrauschen. Es wirkte erst etwas komisch, aber man gewöhnte sich daran, und nach einiger Zeit tat es ihm wohl...

Er befand sich auf dem Ozean, auf einem Kreuzfahrtdampfer, der grauenhaft überfüllt war. Lauter mieses Pack in grellen Hemden und geschmacklosen Kleidern drängte sich auf den Decks, den Treppen und Gängen, belagerte die Speisesäle, die Schwimm- und Sportstätten. Man kam nirgendwo ungehindert durch. Alle Liegestühle waren belegt mit fetten Rentnern, aber die Besatzung des Schiffes war unverdrossen. Es waren lauter hübsche Mädchen, die sich um das Wohl dieser unwürdigen Gäste bemühten. Sie lächelten mit vollen Lippen und strahlenden Zähnen, balancierten Tabletts mit farbigen Getränken durch die wogenden Massen und halfen verbiesterten Tanten, die mit Decken und Liegestühlen nicht zu Rande kamen. Auch die Matrosen und Offiziere waren Frauen, sehr verlockend in gutsitzenden Uniformen. Die Kapitänin hatte tizianrote Locken. Alles für die Katz! Auch das unglaublich schöne Jugendstil-Interieur des Schiffes. Dieses Pack konnte nichts würdigen. Er war der einzige! Für ihn allein hätte dieses Schiff unterwegs sein müssen. Er litt unsäglich. Er hatte Hunger, er sehnte sich nach einer Mahlzeit, aber er ekelte sich vor den Leuten im Speisesaal, und einen Tisch für sich allein würde er auf keinen Fall bekommen. Einsam, an eine Windhutze gelehnt, stand er und schaute auf das abendliche Meer. Da sprach ihn plötzlich eine Offizierin an:

»Warum bist du so traurisch?« – Ilonka in Uniform.

»Weil ich diese Krethis und Plethis, Hinze und Künze hasse, weil ich auf diesem Dampfer bin und nicht abhauen kann.«

»Bald kannst du ab-auen. Es dauert nischt mehr lange.«

»Wie kommst du denn hierher? Weiß man hier überhaupt, daß du eine Androidin bist?«

»Aber sischer. Die ganze Besatzung sind Androidinnen. Ast du das denn noch nischt gemerkt?«

»Sieh mal an! Da spart die Reederei aber viel Geld. Ihr kriegt doch sicher keine Heuer.«

»Wir werden gebraucht, weil wir nischt sterblisch sind. Dieses Schiff wird gleisch auf einen Eisbersch fahren und unterge-en. Das ganze Pack wird ertrinken. So ist es bestimmt.«

»Bestimmt? Wer hat das bestimmt?«

»Der Zentralrat der Androiden.«

»Und was wird aus mir?«

»Du wirst auch ertrinken. Aber wenn du misch liebst, werde isch disch retten.«

Im selben Augenblick gab es einen furchtbaren Krach. Das Schiff neigte sich zur Seite, und die ganze Liegestuhlbelegschaft ging unter wildem Armgefuchtel über Bord. Dann kippte das Schiff nach hinten und begann, mit unglaublicher Geschwindigkeit, mit dem Heck voraus, im Meer zu versinken. Auch er versank. Er hörte das Rauschen des Meeres direkt neben seinem rechten Ohr, und das Wasser rann ihm in seine Mundhöhle. Er wollte vermeiden, es zu schlucken, aber dann wurde es zu viel, und er schluckte, schluckte, schluckte – es schmeckte nach Whisky...

Er erwachte. Über ihm kniete Ilonka und pinkelte ihm direkt in den Mund.

»Guten Morgen!« Sie drückte auf ihre linke Pobacke, und das Pinkeln hörte auf. »Du ast so fest geschlafen. Isch wußte nischt, wie isch disch wach kriegen soll. Isch abe mir gedacht, daß disch der Whisky munter macht.«

Er hatte noch immer an dem Zeug zu schlucken. »Whisky«, fragte er gurgelnd, »den du gestern getrunken hast?«

»Ja. – Er ist ganz sauber. Möschtest du noch etwas?« Und sie griff zur Pobacke.

»Nein! Nein!« rief er. Und dann setzte er betont freundlich hinzu: »Nicht so früh am Morgen.«

»Aber bist du jetzt auch munter?«

»Ja, das bin ich. Vielen Dank für die Rettung.« Und dann stellte er das Meeresrauschen ab.

9. KAPITEL

Leben mit Ilonka

Er hatte sich also damit abgefunden, für einige Zeit, ja, wahrscheinlich für einige Zeit, mit einer Androidin zu leben. Irgendwann würde sie ihn verlassen, hatte sie gesagt. Wann, das wußte er nicht. Es hatte in dieser Situation überhaupt keinen Zweck, sich Gedanken über die Zukunft zu machen. Vier Wochen hatte er auf Sylt bleiben wollen. Danach warteten wieder Termine. Er sollte Modefotos in Marseille machen, dann auf Malta, dann in irgendeiner Wüstengegend – Mädchen vor Kamelen, schließlich noch in Hongkong. Seine Reisen organisierte das Werbeatelier in Hamburg, dessen Teilhaber er war – Cornelia, seine Sekretärin, die Unbezahlbare. Keineswegs häßlich – hochbeinig und mit einer unvergleichlichen Unterlippe, die sie gern etwas vorschob, aber nicht mit Bettanträgen von ihm bedrängt. Eisernes Prinzip: Nie mit den eigenen Angestellten was anfangen. Wenn er in Keitum war, verschonte sie ihn normalerweise mit Telefonaten. Die bevorstehende Reise konnte es allerdings doch mal notwendig machen, daß sie anrief. Daß er hier nicht – wie sonst immer – alleine war, sollte Cornelia nicht erfahren. Also bekam Ilonka striktes Verbot, den Hörer aufzunehmen. Und am Ende der Zeit? Da würde er sie wohl mitnehmen, mit ihr auf Reisen gehen müssen. Wie hatten die sich das überhaupt vorgestellt? Er hatte schließlich einen Beruf. Na ja, er sollte eben mit der Androidin durch die Weltgeschichte kutschieren, und dabei sammelte sie Kenntnisse. Da zwang man ihn also, sie für seine ständige Begleiterin auszugeben, die nie von seiner Seite wich. Und das Aufladen der Batterien in der Wüste? Nicht dran denken! Es müßten außerdem ja auch Flugtickets für sie bestellt werden. Und woher einen Paß für sie nehmen? Er entschloß sich, diese Sache ganz einfach schleifen zu lassen, den Kopf einzuziehen und alles auf sich zukommen zu lassen. Er war ihr ausgeliefert, es hatte keinen Zweck, sich dagegen zu wehren.

Leben mit Ilonka – es ging leichter, als er es sich vorgestellt hatte, denn sie lernte pausenlos und mit großer Geschwindigkeit und paßte sich – man könnte fast sagen »einfühlsam« in sein Leben ein. Morgens ging sie unter die Dusche. Wie ihr künstlicher Körper gepflegt wurde, hatte sie mit den Grundkenntnissen gelernt. Die Duscherei wäre natürlich nicht jeden Tag nötig gewesen, denn sie transpirierte ja nicht, lief nicht Gefahr zu stinken, aber sie fand das lustig, es machte sie menschlicher, und außerdem hatte Pit Corduan öfter Spaß daran, mit ihr zusammen unter die Dusche zu gehen. Nasse Brüste erregten ihn. Während er Brötchen und Zeitung holte, kochte sie den Kaffee und deckte den Tisch. Sie räumte auch alles wieder ab nach dem Frühstück, machte das Bett und wischte Staub. Ungewohnt für ihn war es, zwar in Gegenwart einer »Frau«, aber doch allein zu frühstücken. In der ersten Zeit saß sie neben ihm am Tisch, schaute ihm zu und wollte wissen, wie das schmeckte, was er aß. Es kam ihr darauf an, möglichst genaue Beschreibungen des Geschmacks von Kaffee, Sahne, Brötchen, Butter, Marmelade, Käse, Wurst und Ei zu bekommen. Das war allerdings etwas anstrengend für ihn. – Wie schmeckte ein Brötchen? – Ja, das Brötchen an sich, ohne Butter und was drauf! – Tja – frisch? – knusprig? – das war schon alles? Und das normale Brötchen im Unterschied zum dunklen Mehrkornbrötchen, zum Sesambrötchen, zum Rosinenbrötchen? Das Mehrkornbrötchen – nun, das schmeckte eben schon von sich aus etwas herzhafter. Was ist das – »herzhaft?« – Kann man nicht sagen. Am Sesambrötchen mußte man vollends verzagen. Wie schmeckten die aufgebackenen Sesamkörner? Da gibt es kein Wort für. Die Rosinenbrötchen waren eben süß, süß schon wegen der Rosinen, weshalb sie gut zur süßen Marmelade paßten. Nein, die Marmelade schmeckte nicht nur einfach süß, sie schmeckte auch noch »fruchtig«. Die Rosinen waren also nicht fruchtig? Und die gelbe Marmelade – Orangenmarmelade, ja – schmeckte anders als die beiden roten? Ja, ganz entschieden. Und die eine rote – Erdbeermarmelade – schmeckte anders als die andere rote – Himbeermarmelade – ja. Mit der Butter war es besonders schwer. Wie schmeckte Butter? Während man Marmelade, Käse, Wurst und auch die Brötchen nach Belieben auch solo essen konnte, war das bei der Butter nicht angebracht.

Warum wollte sie das bloß so genau wissen? Sie konnte sich ja doch nichts dabei vorstellen, weil sie nichts schmeckte. Ganz einfach, sie wollte sich nicht irgendwo blamieren und dadurch auffallen, daß sie zum Beispiel behauptete, Holländer Käse schmecke »fruchtig«. Es war ein schweres Manko, das war ihr selber klar, wenn man als Androidin unauffällig unter Menschen leben wollte, ohne den Geschmackssinn zu besitzen. Hätte man ihr den nicht auch noch verpassen können? Sie hörte doch und sah, und über ein gewisses taktiles Empfinden verfügte sie auch. Es war eben bis jetzt nicht gelungen, diesen Sinn künstlich zu simulieren, und da er halbwegs entbehrlich erschien, hatte man gemeint, man könne Androidinnen auch ohne ihn leben lassen. Der Mangel ließ sich ja kaschieren, und außerdem gab es – Ilonka wußte das, woher auch immer – Menschen, die ihn nicht hatten, weil er ihnen abhanden gekommen war, übrigens auch der Geruchssinn. Riechen konnte sie ebenfalls nicht.

Unter diesen Umständen fand Pit es reichlich hochstaplerisch, wenn Ilonka behauptete, daß die Androiden die Menschen sogar noch übertrumpfen würden. Sie ließ sich davon nicht beeindrucken: sie würde weiterentwickelt werden, sich eines Tages sogar selber weiterentwickeln können, und wenn es sich für Androiden als sinnvoll erweisen sollte, daß sie schmecken und riechen konnten, dann würden sie es eines Tages auch können.

»Sei nischt so ochmütisch! Du kannst ja nischt einmal sagen, wie Imbeermarmelade schmeckt im Unterschied zu Erdbeermarmelade.«

Nach dem Aussehen wußte sie in Kürze alle Speisen zu benennen und voneinander zu unterscheiden und war sogar in der Lage, Pit auf manchen Gebieten glatt auszustechen. Nach der Betrachtung der verschwenderischen Käsetheke in einem Westerländer Delikateßgeschäft wußte sie für immer, was Sbrinz, Pecorino, Cheddar, Crottin, Sainte Maure, Gaperon oder Saint Marcellin und andere waren. Nach der Lektüre von Johnsons großem Weinatlas war sie unfehlbar im Urteil über bedeutende und weniger wichtige Lagen. Sie las das Etikett einer Flasche und wußte sofort, aus welcher Gegend der Wein kam und was man von ihm günstigenfalls erwarten durfte.

Sie las. Sie blätterte sich durch seine Bibliothek und behielt alles. Daß sie weit mehr im Kopf hatte als er, konnte er bald nicht mehr leugnen. Nachdem sie das wenige aus ihm herausgebracht hatte, was er ihr über die Bestandteile seines Frühstücks mitzuteilen vermochte, las sie in der Folgezeit, während er aß, mehrere Zeitungen von Anfang bis Ende einschließlich der Anzeigen.

»Behältst du so einen Quatsch eigentlich auch für immer?« fragte er sie einmal, als sie die Annoncen einer Wochenendbeilage mit den Augen fotografierte.

»Im Augenblick ab isch noch Platz. Irgendwann werfe isch wieder was raus.«

»Aha. – Du löschst was. Aber woher willst du wissen, ob das nicht gerade was Wichtiges ist?«

»Bis es soweit ist, daß isch rausschmeißen muß, werde isch wissen, was wischtisch ist.«

Er konnte bald riskieren, sie nach draußen mitzunehmen. Sie war sehr gelenkig, schwankte nicht mehr beim Gehen und brauchte deshalb nicht mehr am Henkel geführt zu werden. Ihre Bewegungen wurden sogar von Tag zu Tag anmutiger, graziöser. Die wenigsten Frauen bewegten sich so vollendet wie sie. Es konnte wirklich keiner auf den Gedanken kommen, daß er eine Puppe spazierenführte. Natürlich schaute man ihr nach und nicht zu knapp. Zuerst zeigte er ihr – zu Fuß und aus dem Auto – Keitum. Dabei vermied er es zunächst, bei Leuten vorbeizuschauen, die er kannte und sonst bei seinen Aufenthalten zu besuchen pflegte. So mied er zum Beispiel anfangs die Buchhandlung, wo er morgens die Zeitungen kaufte. Der Buchhändler Schwarz hatte sich bereits gewundert, wieviel Gazetten er neuerdings täglich abschleppte. Auch den Schriftsteller Boy Lornsen, mit dem und dessen Frau Margot er früher viele Abende verplaudert hatte, suchte er jetzt nicht auf. Aber ins Schwimmbad ging er mit ihr, nachdem er ihr einen Bikini gekauft hatte. Ilonka wollte unbedingt schwimmen lernen, nachdem sie von der Straße aus einen Blick auf die dort Strampelnden geworfen hatte. ›Warum nicht‹, dachte er. ›Soll sie schwimmen lernen, vielleicht kann sie es mal brauchen.‹

Er hatte dabei allerdings verschiedenes nicht bedacht. Sonst würde er wenigstens versucht haben, es ihr auszureden. Zunächst einmal war es offenbar für viele Besucher sehr komisch, daß er einer erwachsenen Frau Schwimmunterricht gab. Es sammelte sich ein ganzer Pulk von Neugierigen am Beckenrand, und besonders Schlaue erteilten gute Ratschläge. Von sich aus schwamm sie nicht im Wasser, sondern soff ab wie ein Sack Kartoffeln. Sie mußte also mit Armen und Beinen rudern. Er machte es ihr vor, und sie hatte es sofort begriffen. Trotzdem klappte es nicht. Sie versank immer wieder, konnte sich nicht an der Oberfläche halten. Vielleicht ging das ja mit dieser Androidin nicht. Das Fehlen einer Betriebsanleitung war sehr ärgerlich. Man mußte alles selber ausprobieren. Für die Sexpuppe, ja für die hatte er eine, aber wie man der Schwimmen beibrachte, stand nicht drin.

Nach dem zwanzigsten vergeblichen Versuch glaubte er, das Unternehmen abbrechen zu müssen. Ilonka und er erregten viel zu viel Aufsehen. Die Stimmung im Schwimmbad wurde immer ausgelassener. Die schöne Frau war wohl zu dumm zum Schwimmen, und die weniger schönen Frauen, also alle weiblichen Wesen hier, fühlten sich bereits wieder besser. Aber Ilonka wollte es noch einmal versuchen. Sie sank wieder ab, aber dafür kam sie nun vorwärts. Einen halben Meter unter der Wasseroberfläche schwamm sie davon, kehrte am gegenüberliegenden Beckenrand um und kam wieder zurück, aber auch dort drehte sie nur und schwamm noch einmal die Strecke – immer unter Wasser. Die Leute am Beckenrand waren begeistert, aber dann wurden sie unruhig. Auftauchen! Auftauchen! Mein Gott, die mußte doch endlich mal auftauchen! Was hatte die für eine Lunge! Pit sah die Gefahr von Komplikationen und schwamm ihr nach. Er packte sie unter den Armen und stellte sie im flacheren Wasser wieder auf die Füße.

»Hör jetzt auf«, raunte er ihr ins tropfende Ohr. »Die merken sonst noch, daß du kein Mensch bist.«

Das leuchtete ihr sofort ein. Sie stieg mit ihm aus dem Becken, und plötzlich begann sie zu schwanken und hielt sich an ihm fest.

»Meine Batterie«, flüsterte sie, »isch glaube, sie at keine Spannung mehr.«

Das war zwar ein Fortschritt. In den ersten Tagen hatte sie das nie angekündigt. Er hatte immer wieder auf die Uhr schauen müssen, um den Austausch rechtzeitig vornehmen zu können. Heute war die Zeit noch nicht um. Das Schwimmen hatte offenbar mehr Energie verbraucht. An was man alles denken mußte. Ein Glück, daß sie hier nicht einfach zusammenklappte. Aber trotzdem: die andere Batterie lag zu Hause. Das waren zwar nur ein paar Schritte, aber…

»Schaffst du es noch bis nach Hause?«

»Isch weiß nischt, will… will es versuchen.«

Sie kamen gerade an den Toiletten vorbei, als sie ihm in die Arme sank. Aus. – Da im Augenblick niemand in der Nähe war, zog er sie in die Damentoilette, wo gottseidank auch keine war, öffnete eine Kabine, deponierte sie auf dem Klo, lehnte sie gegen die rechte Wand und riegelte ab. Dann kletterte er an der Tür hoch und spähte in den Vorraum. Noch immer niemand. Er stieg aus der Kabine heraus und rannte in Badehose aus dem Schwimmbad, über die Straße nach Hause. – Schande! Jetzt war der Schlüssel im Kleidersafe! Marion! Der Reserveschlüssel. Nein! Die würde dumme Fragen stellen, wenn er bei ihr in nasser Badehose schellte. Also wieder zurück, Schlüssel holen und wieder zur Wohnung. Als er mit der Batterie zurückkam, waren zwei Weiber im Vorraum der Damentoilette, kämmten sich die Haare, quatschten. Er tat, als ob er sich geirrt habe und zog den Kopf zurück. Draußen wartete er, bis die endlich abzogen. Hoffentlich kamen keine neuen. Als die zwei sich schließlich verdrückt hatten – im Flur standen sie auch noch minutenlang und kakelten –, ging er hinein und stieg über die Tür in die Kabine. Es war nicht einfach, in dieser Enge Ilonka die verbrauchte Batterie zwischen den Beinen herauszuziehen und die neue anzukabeln und hineinzustecken. Mehrmals stieß er gegen die rechte und linke Wand und gegen die Tür. – Ilonka erwachte.

»Wo bin isch? Was machen wir ier?«

Voll wieder da. – Kein Kurzprogramm.

»Ich habe dich neu getankt. Geht es wieder?«

»Ja. Isch will noch einmal schwimmen.«

»Das lassen wir. Ich bin froh, wenn wir hier ungeschoren rauskommen.«

Er öffnete die Tür und zog sie aus der Kabine. Eine fette Schnecke stand am Becken und wusch sich die Hände. Sie sah beide im Spiegel und drehte sich entsetzt nach ihnen um. Fassungslos glotzte sie und ließ das Seifenwasser von ihren Händen auf die Fliesen tropfen. So was gab es! Allerhand! Da hatten es zwei in der Damentoilette getrieben. Die sollten sich wirklich schämen! Man ist ja nirgendwo mehr sicher. – So sah sie aus.

»Es war schön«, sagte Pit und grinste die Schnecke an. »Kann ich nur empfehlen.« Und dann gingen sie raus.

Schwimmen konnte sie also, und wenn sie das partout noch mal wollte, dann würden sie an einem brandungsarmen Tag zum Weststrand fahren – bei Ostwind etwa, wenn das Meer glatt und ruhig wie ein See lag. Dort würde es nicht so auffallen, wenn sie dauernd unter Wasser schwamm. Vielleicht würde sie es ja auch noch schaffen, den Kopf oben zu behalten. Ins Schwimmbad würde er jedenfalls nie wieder mit ihr gehen.

Das nächste Problem ergab sich, als sie unbedingt Auto fahren lernen wollte.

»Da brauchst du Fahrstunden und mußt einen Führerschein machen.«

»Warum muß isch den machen?«

»Jeder, der Auto fahren will, muß einen Führerschein haben.«

»Das weiß isch.«

»Du brauchst nicht nur Fahrstunden und eine Prüfung, du brauchst auch einen Ausweis, sonst stellt man dir keinen Führerschein aus. Und wie sollen wir einen Ausweis für dich bekommen? Es gibt dich doch gar nicht. Du bist nirgendwo gemeldet. Da müßte man schon einen für dich fälschen lassen. Aber dafür weiß ich keine Kontaktadresse. Das geht also nicht.«

»Was redest du nur für umständlisches Zeug. Isch abe doch alles.«

»Einen Ausweis?«

»Einen Ausweis und einen Führerschein.«

»Wo denn? Du warst doch ganz nackt, als ich dich kriegte. Muß man vielleicht deinen Busen hochklappen, und das steckt alles in einer Brusttasche?«

»In meiner Zubeörtasche.«

Unmöglich. Die hatte er längst vollständig untersucht. Aber sie bestand trotzdem darauf, daß er sie herholte. Sie nahm die Tasche, drehte sie um und riß den Boden ab, der, wie sich jetzt zeigte, ein doppelter war, befestigt mit einem Klettverschluß. Da fielen ein Ausweis und ein Führerschein heraus. Fälschungen? – Er sah sie sich an. Sie waren auf den Namen »Palm« ausgestellt. »Martina Palm«, der richtige Name des Fotomodells, nach deren Körper Ilonka gemacht worden war.

Diese Halunken! An alles hatten sie gedacht. Und dann tat dieser Puppenheini so, als wisse er von gar nichts.

»Siehst du, isch brauche keine Prüfung. Du zeigst mir das Autofahren, und dann kann isch es.«

Das war eine Gelegenheit, zu versuchen, etwas über die Hintermänner aus ihr herauszulocken.

»In dieser Androidenfabrik gibt es wohl Spezialisten für alles. Wie viele Leute waren denn an deiner Erschaffung und Bildung beteiligt?«

»Das sage isch nischt. Das geht disch nischts an.«

»Du kannst mir ruhig etwas mehr über deine Entstehung erzählen. Das Wesentliche weiß ich ja bereits, und du hast mir ja auch schon mit dem Tode gedroht, falls ich was verrate. Da macht es doch wirklich nichts mehr aus, ob ich noch ein bißchen mehr weiß.«

»Macht es wohl. Je mehr du weißt, desto mehr kannst du verraten, wenn disch mal einer dazu zwingt.«

»Mich zwingen? Wer soll mich zwingen? Oder sind bereits Leute unterwegs, die hinter deinem Geheimnis her sind?«

»O ja, die gibt es.«

»Dann nenn' mir mal welche, damit ich gewarnt bin.«

»Isch kenne sie nischt, aber isch weiß, daß es sie gibt.«

Kein Weiterkommen. – »Immerhin weiß ich, daß du aus Saint-Malo aus der Werkstatt von Monsieur de la Trémouille kommst. Den Ort gibt es, die Werkstatt gibt es, den Mann gibt es. Wenn jemand nun dahin führe, dann hätte er ja schon mal einen von der Clique.«

»Bei Monsieur de la Trémouille wird niemand etwas finden. Keiner von seinen Leuten weiß etwas von Androiden.«

»Na schön. Aber la Trémouille weiß alles. Den könnten die Leute, die hinter deinem Geheimnis her sind, doch entführen... und foltern... und dann...«

»Gar nischts. – La Trémouille ist überhaupt nischt mehr da.«

»Aber ich habe neulich mit ihm telefoniert, nachts. Da war er auf jeden Fall da. Er hat allerdings getan, als glaubte er mir nichts. Er sagte, ich sei betrunken.«

»Das war nischt la Trémouille, das war ein Sprachcomputer, ein sehr primitives Modell. Wenn sie den finden, aben sie nischt viel.«

Ein leichter Schwindel überkam ihn. Diese Androidin besaß ein Wissen, das sie nicht preisgab. Er war also wirklich bedroht. Jetzt kam ihm das wieder zum Bewußtsein. Aber er konnte nichts unternehmen. Vielleicht fand er irgendwann durch Zufall ein Schlüsselwort, das bei ihr die Sperre aufhob. Aber bis dahin war es ratsamer, alles zu verdrängen und mit Ilonka in den Tag hinein zu leben, als sei sie ein Mensch.

Autofahren. – Was sie sich einmal in den Kopf gesetzt hatte, das führte sie auch durch. Man konnte also von einem Willen sprechen. Sie besaß einen Willen. Frage war nur, ob das ihr eigener war oder ob sie einem Programm folgte, das ihr eingegeben war. Es mußte programmiert sein, anders ging es gar nicht. Sie war doch keine Person. Sie hatte doch kein Selbstbewußtsein. – Selbstbewußtsein, das ist es, was künstlicher Intelligenz nie erreichbar ist. Täuschungen sind möglich, frappante Täuschungen, das sah man ja an ihr. Es war ihm unmöglich, auch nur zu ahnen, wie sie das gemacht hatten. Aber eins war sicher, davon konnte man ausgehen: Ein Bewußtsein, Ichbewußtsein, Selbstbewußtsein, das hatten diese künstlichen Menschen auf keinen Fall.

Da sie einen Führerschein besaß, riskierte er ja nichts, wenn er sie nach einigen Erläuterungen und der Lektüre eines theoretischen Lehrbuches, die sie in wenigen Minuten hinter sich brachte, ans Steuer ließ. Auf so gut wie unbefahrenen Feldwegen bei Archsum machte sie ihre ersten Versuche, und als sie da sehr bald zurechtkam, wollte sie auch auf belebten Straßen fahren. Sie kutschierte durchs enge Keitum, und der Angstschweiß stand ihm auf der Stirn, aber sie rammte kein parkendes Fahrzeug, überfuhr keinen Fußgänger, beachtete die Vorfahrt, er brauchte gar nichts mehr zu rufen. Sie fuhr auf die Schnellstraße zwischen Westerland und Kampen, gab ordentlich Gas, überholte zu seinem Entsetzen mehrmals Spazierschleicher, und nach einer Stunde fuhr sie rasant, gut, sicher, einfach perfekt. – Besser als er?

10. KAPITEL

Sonnenuntergang

Eines Tages überraschte sie ihn damit, daß sie ihm, als er ihre Batterie auswechseln wollte, verkündete, das sei nicht nötig, das sei schon geschehen.

»Wie? Schon geschehen? Wer hat das denn gemacht?«

»Isch selber.«

»Das geht doch überhaupt nicht. Wenn du die Kontakte abmachst, bist du doch ohne Strom und kippst um.«

»Ja, aber isch abe noch ein zweites Paar Kontakte. Isch ziehe die eine Batterie eraus und die anderen Kontakte. Dann schließe isch die neue Batterie an und schalte sie ein. Dann löse isch die Kontakte von der ersten und stecke mir alles wieder in den Bauch, und die verbrauchte Batterie kommt ins Ladegerät.«

»Aha. – Und warum erfahre ich das erst jetzt?«

»Zuerst sollte isch nur eine Sexpuppe sein. Die konnte das ja nischt. Und dann abe isch nix gesagt, weil isch es lustisch fand, daß du das machst.«

»Und jetzt findest du es plötzlich nicht mehr so lustig?«

»Doch. – Aber es erinnert disch immer daran, daß isch eine künstlische Frau bin, die man abstellen kann. Das ist nischt gut. Jetzt mache isch es selber.«

Von diesem Augenblick an passierte es ihm wirklich immer öfter, daß er nicht mehr daran dachte, daß sie eine Maschine war. Sie bewegte sich wie ein Mensch, sie redete wie ein Mensch, sie schien wie ein Mensch zu denken und zu reagieren. Es war überhaupt kein Unterschied, wenn man davon absah, daß ihre Merk- und Rechenfähigkeiten die seinigen astronomisch übertrafen. Das Erstaunlichste aber war, daß sie mit dem, was sie gespeichert hatte, »sinnvoll« umgehen konnte, sie vermochte Gelesenes zu abstrahieren, auf den wesentlichen Punkt zu bringen. Es waren keinesfalls Zitatcollagen, was sie von sich gab, auch wenn sie in der Lage war, jedes Buch, das sie gelesen hatte, von der ersten bis zur letzten Zeile wörtlich zu rezitieren. Einmal hatte sie ihm abends im Bett einen kompletten Kriminalroman vorerzählt, um ihn zu unterhalten. Und dabei hatte sie, weil der Roman nicht in Frankreich, sondern in Deutschland spielte, ihren französischen Akzent abgeschaltet. Sie benutzte ihn in der letzten Zeit überhaupt nur, wenn sie ihre eigene Meinung sagte. Zitate aus Büchern und Zeitungen brachte sie akzentfrei. Das tat kein Mensch, das konnte keiner, wenn er nicht schauspielerte. Sie konnte übrigens auch ihre Stimme verändern. Die erste Kostprobe davon gab sie nach einem Fernsehfilm, den sie sich beide angesehen hatten. Sie wiederholte den Text einer Szene und imitierte dabei die Darsteller, männliche und weibliche, so täuschend, als ließe sie einen Tonbandmitschnitt ablaufen. Es war gespenstisch gewesen, und er hatte sie gebeten, damit aufzuhören. Besonders grauenvoll war die tiefe, versoffene Stimme eines fetten Kerls gewesen, die aus ihrem schönen Munde kam, als hätte sie ihn verschluckt. Da ihre Stimme elektronisch erzeugt wurde, machten ihr, wie sie sagte, auch die krassesten Veränderungen keine Mühe. Sie nahm ein Muster auf und reproduzierte es. Sie konnte auch Musikinstrumente imitieren. Einen Vormittag lang hatte sie – auch Androiden haben Ohrwürmer – die Variationen zu einem Rokokothema von Tschaikowski drauf und das Cello von Rostropowitsch sang zwischen ihren Lippen.

Meistens aber vermied sie es, sich in dieser Weise zu produzieren, um nicht zu oft darauf zu verweisen, daß sie Fähigkeiten besaß, über die er nicht verfügte. Viele Tage verliefen absolut normal. Sie paßte sich menschlichen, speziell seinen Gewohnheiten an, sprach mit dem vertrauten französischen Akzent, ließ sich von ihm belehren, auch wenn sie nach kurzer Zeit über die meisten Themen besser informiert war als er. Einmal erklärte er ihr auf einem Strandspaziergang zwischen Westerland und Wenningstedt die Maßnahmen des Sylter Küstenschutzes in Vergangenheit und Gegenwart. Sie hörte ihm zu und stellte intelligente Fragen, die ihn in seinem Vortrag befeuerten. Plötzlich kamen ihm Zweifel, und er fragte sie argwöhnisch, ob sie das nicht alles schon längst und viel besser wisse.

»Isch weiß ein wenisch, aber nischt so gut wie du.«

»Na, dann erzähl mir mal das wenige.«

Und dann zeigte es sich, daß sie einen langen Artikel über dasselbe Thema gelesen hatte, der gespickt war mit präzisen Zahlenangaben. Die nächste halbe Stunde schwieg er indigniert und stapfte verdrossen neben ihr durch den Sand.

Immer, wenn er einmal für eine Weile vergessen hatte, wer sie war, und in trügerischer Arglosigkeit mit ihr lebte, riß ihn eine plötzliche Bekundung ihrer Überlegenheit um so grausamer aus der flüchtigen Illusion. Sie war kein Mensch! Nein, das war sie wirklich nicht. War sie ihm aber letzten Endes überlegen? War das nicht nur eine perfide Täuschung? Diese Intelligenzleistungen, gut und schön, da war sie nicht so schnell zu schlagen, obwohl das auch noch die Frage war. Ganz gewiß aber standen ihre seelischen Qualitäten weit hinter den seinen – beziehungsweise den seelischen Qualitäten der Menschheit – zurück. Sie waren überhaupt gleich Null, denn sie besaß keine Seele. Wo sollte sie eine her haben? Seelen werden nicht künstlich erzeugt. Unsinn! Intelligenz meinetwegen, es spricht einiges dafür, daß man das kann. Aber Seelen! Unsterbliche Seelen! Und er entsann sich alter Geschichten, in denen zum Beispiel Wassergeister – Undinen – keine Seele hatten und deshalb sich den Menschen an den Hals warfen, um von ihnen geliebt zu werden und geheiratet, damit sie doch noch eine kriegten.

Da steckte schon eine tiefe Weisheit drin. Nein, nur Menschen haben Seelen. Tiere? – Tja, das war die Frage. Der »seelenvolle« Blick eines Hundes – war das nur eine Metapher? Er hatte sich mal – das war schon lange her – in der Schule eine Zeitlang für Philosophie interessiert. Descartes, erinnerte er sich, Descartes hatte gesagt, daß im Körper des Menschen die Seele wohne, eng, aber nicht innerlich mit ihm verknüpft, da beide grundsätzlich unvereinbar seien. Der Körper ist Materie, er ist eine Maschine und steht auf der gleichen Stufe wie andere Maschinen, wie die Tiere zum Beispiel, die auch Maschinen sind – nur Maschinen, da sie nicht denken, keine Seele haben. Die Seele berührt den Körper, bewegt ihn, aber kann niemals eins mit ihm sein. Zwei Substanzen, zwei grundverschiedene Substanzen. So ähnlich. Und wo sitzt die Seele? In der Zirbeldrüse, hatte Descartes gemeint, und da wurde es bereits komisch. Na ja, Descartes, darüber war man längst hinaus. Aber was wußte man denn wirklich über Geist und Materie? Er wußte es nicht, aber er hatte das Gefühl, daß es nicht sehr viel war. Gab es nur eine einzige Substanz, die sowohl Geist wie Materie war, je nachdem? – Ihm wurde schwindlig. Nein, Philosophie war nicht sein Fall. Er hatte gut daran getan, das nicht zu studieren, wie er es als Siebzehnjähriger ein halbes Jahr lang mal vorgehabt hatte.

Aber es mußte sich doch – zum Teufel noch mal! – zeigen lassen, worin sich ein Automat von einem Menschen unterschied. So perfekt konnte doch keine Imitation, keine Fälschung sein, daß man nicht an irgendeiner Ecke den Unterschied zum Original aufzeigen konnte. Also: Sinnlicher Genuß war Ilonka nicht vergönnt. Sie konnte nicht schmecken, sie konnte nicht riechen, sie trank nicht, aß nicht. Die Freuden der Völlerei blieben ihr verschlossen. Das hätte den alten Kirchenleuten ja aber nur gefallen. Die Freuden des Leibes waren sowieso für sie des Teufels. Wenn sich Heilige zu

Tode hungerten, um sich zu vergeistigen, kostete das Ilonka keine Anstrengung, sie war es schon. Und der Sex, diese andere Teufelsfalle? Bedeutete ihr doch auch nichts. Sie legte zwar fabelhafte Orgasmen hin und stöhnte – atemlos – wie von Lust zerrissen, aber sie empfand nichts – konnte doch nichts empfinden. Oder?

»Sag mal, was empfindest du eigentlich, wenn ich mit dir schlafe?«

»Das macht mir Spaß.«

»Das glaube ich nicht. Du hast einen hübschen Kitzler, aber der ist aus einer Art Gummi, und wenn ich den mit Daumen und Zeigefinger zusammenquetsche – so –, dann müßtest du eigentlich aufjaulen, daß man es bis Munkmarsch hört. Aber da sind eben keine Nerven drin, und deshalb spürst du überhaupt nichts. Du hast ein gewisses ›Gefühl‹ – ich weiß nicht, wie das funktioniert – in den Händen, den Füßen und sonstwo, damit du merkst, wenn du an was drankommst, etwas anfassen und greifen kannst, aber da unten liegen keine Leitungen. Da hast du keine Sensoren. Haben deine Erfinder wohl für überflüssig gehalten. Vielleicht hat ein Priester seine Hand mit im Spiel gehabt. Du kannst mir nicht erzählen, daß du jemals einen Orgasmus gehabt hast.«

»Abe isch aber. Isch muß es ja wissen.«

»Und wie geht das?«

»Wie geht das! Wie geht das! – Wie geht das denn bei dir? Das Spritzen ist es doch nischt allein, sonst ättest du auch beim Pinkeln einen Orgasmus. Ohne deinen Kopf ist es nischt zu machen. Es passiert allein in deinem Kopf. Du glaubst immer, du brauchst unbedingt einen Schwanz dazu, aber es geht genauso gut ohne. Das kannst du nur noch nischt. Aber isch kann es.«

Ungeheuerlich! Was sollte er dagegen sagen? Er konnte ja nicht in ihren Computer schauen, was sich da tat. Vielleicht könnte man mit einem Spezialgerät so was Ähnliches wie Hirnströme messen.

Aber da keins zur Stelle war, blieb die Frage unbeantwortet.

Sie beharrte darauf, Genuß zu empfinden, sie behauptete, daß sie sich freuen könne. Auch leiden könne sie. O ja! Wenn etwas, das sie wolle, nicht erreichbar sei, eine Aufgabe, die sie sich stellte, nicht oder nicht schnell genug zu lösen sei, erzeuge – ja wer? – ihr Computer wohl, ihr Neuralnetz ein Gefühl, das unangenehm sei, das sie antreibe, es zu beseitigen. Und wenn sich alles ausgleiche, dann sei da eben ein Gefühl, das man wahrscheinlich »Freude« nennen müßte, wenn man ein Mensch wäre.

Geschickt programmiert, äußerst geschickt! Damit man ihr nicht auf die Schliche kam.

Einmal hatte er abends starke Kopfschmerzen. Er sagte es ihr, und sie sagte nur »ach«. Nichts weiter. Am nächsten Morgen beim Frühstück erwähnte er, daß die Kopfschmerzen fort seien, er sich wohl fühle. »So«, sagte sie. Weiter nichts. Und da hatte er den Beweis, daß sie keine Gefühle besaß.

»Wenn man deine Heizung nicht anschaltet, bist du äußerlich kalt. Aber innerlich, da bist und bleibst du dauernd kalt, denn du bist völlig ohne Mitleid. Es ist dir ganz egal, wie es mir geht.«

»So?«

»Ja. – Wenn man einem Menschen sagt, daß man Kopfschmerzen hat, dann sagt jeder sofort, daß ihm das leidtut und wünscht einem gute Besserung. Und am nächsten Tag erkundigt man sich, ob die Kopfschmerzen weg sind. Man nimmt eben Anteil, und das ist eine Eigenschaft, die nur Menschen besitzen.«

»Aha«, sagte sie. Nichts weiter.

Einige Zeit später stieß er sich das Knie an der Flurkommode. »Au, verdammt!« schrie er, und sie kam sofort an, streichelte sein Knie und wünschte ihm, daß der Schmerz schnell aufhöre. Und am Abend erkundigte sie sich wieder nach seinem Zustand.

»Ja, ja, es tut schon längst nicht mehr weh. Aber wenn du jetzt meinst, du hättest damit dein Mitgefühl bewiesen, dann ist das ein Irrtum deines Computers. Du hast nur etwas dazugelernt und wendest es jetzt seelenlos an.«

»Und wie ist das denn bei dir?« fragte sie spöttisch. »Du ast das doch auch irgendwann gelernt, und nun ist es ein Programm in deinem Ge-irn. Das imponiert mir gar nischt.«

Stimmte das? Er erinnerte sich, wie seine Eltern ihm beigebracht hatten, sich zu entschuldigen. Er hatte arglos eine Tür geöffnet und dabei seiner Tante, die zufällig gerade hereinkommen wollte, das Tablett mit dem ganzen Kaffeegeschirr aus der Hand geschlagen. »Nun entschuldige dich gefälligst!« Wieso? Wie konnte er wissen, daß diese doofe Tante ausgerechnet jetzt hinter der Tür stehen würde? Das war doch überhaupt nicht seine Schuld. Egal, man hatte sich zu entschuldigen, denn es tat einem ja schließlich leid. Es tat ihm nicht leid. Einerlei, man entschuldigte sich. Kein Zweifel, Schuldgefühle konnte man sich regelrecht andressieren, und am Ende glaubte man, da spreche die innere Stimme zu einem, das Gewissen. Was hatten Pfarrer, Eltern und Religionslehrer nicht für einen Schwachsinn über das Gewissen erzählt! Gottes Stimme. Das Gewissen ist Gottes Stimme. Als Kind hatte er das mal ein Zeitlang geglaubt. Er wußte auch noch, wann ihm die ersten Zweifel an dieser Gewissenstheorie gekommen waren: als Bingo in den Flur gekackt hatte. Bingo war ihr Pudel, und eines Morgens, als man aufgestanden war, hatte man die Bescherung gesehen. Und Bingo hatte sich schon vorher, noch ehe irgend jemand was gesagt hatte, in eine Ecke verkrochen, aus der er den Vater mit tiefbekümmertem Blick angesehen hatte. Schlechtes Gewissen! Das konnte man ganz deutlich sehen. Da hatte dann wohl der liebe Gott zu Bingo nach dem Scheißen gesprochen: »Bingo, du bist ein

Schwein. Schäme dich!« Bei der nächsten Gelegenheit, als im Religionsunterricht mal wieder von Gewissen gesprochen wurde, hatte er den Fall vorgebracht. War Gott auch für das schlechte Gewissen von Hunden verantwortlich? Nein, hatte es geheißen, bei Hunden ist das nur Dressur. Sie merken, wenn sie was falsch gemacht haben, und haben Angst vor Prügeln. Das hatte ihn nicht überzeugt, aber er hatte nicht gewußt, was er dagegen sagen sollte.

Das Zusammenleben mit Ilonka brachte ihn allmählich dazu, sich selber als eine Maschine zu betrachten und alles, was er tat, wünschte, empfand, auf Programme zurückzuführen, die irgendwann mal eingespeichert worden waren. Er stellte sich vor, er stehe unter dem Verdacht, ein Androide zu sein, und müsse beweisen, daß er ein Mensch sei, wobei das Schlimmste war, daß er selber nicht genau wußte, in welche Kategorie er gehörte.

Es zeigte sich, daß es ihm unmöglich war, auf geistig-seelischem Gebiet seine menschliche Besonderheit gegenüber der Androidin zu beweisen. Von allem, was er für sich reklamierte, behauptete sie, es auch zu besitzen, zu können, zu empfinden. Die Stimmung des Sonnenuntergangs am Meer zum Beispiel, die so viele bei gutem Wetter an den Strand lockte, um bei wehmütig genüßlichen Gefühlen den roten Ball im Wasser versinken zu sehen und danach versonnen heimzupilgern, was bedeutete sie ihr? – »Sag mal, was empfindest du?«

»Jetzt rückt der goldne Ball und er versinkt
in fernster Meere grünlichem Kristall.«

Ein Zitat. Sie brachte ein Zitat, und weil er nicht wußte, wo das herstammte, sagte sie es ihm: Hofmannsthal. Hatte er in seiner Bibliothek stehen. Wußte er gar nicht mehr. Na gut, aber was sie selbst empfand, wollte er wissen. – Wieder kam ein Zitat, diesmal ein langes:

»Sie rückt und weicht, der Tag ist überlebt.
Dort eilt sie hin und fördert neues Leben.
O daß kein Flügel mich vom Boden hebt,
Ihr nach und immer nach zu streben!
Ich säh im ewigen Abendstrahl
Die stille Welt zu meinen Füßen,
Entzündet alle Höhn, beruhigt jedes Tal,
Den Silberbach in goldne Ströme fließen.
Nicht hemmte dann den göttergleichen Lauf
Der wilde Berg mit allen seinen Schluchten;
Schon tut das Meer sich mit erwärmten Buchten
Vor den erstaunten Augen auf.
Doch scheint die Göttin endlich wegzusinken;
Allein der neue Trieb erwacht:
Ich eile fort, ihr ewges Licht zu trinken,
Vor mir den Tag und hinter mir die Nacht,
Den Himmel über mir und unter mir die Wellen.
Ein schöner Traum, indessen sie entweicht.
Ach, zu des Geistes Flügeln wird so leicht
Kein körperlicher Flügel sich gesellen!«

Das war – akzentfrei rezitiert – aus »Faust«, daran erinnerte er sich. Hatte sie also auch gelesen. »Und deine eigene Meinung, Ilonka?«

»Wenn isch sehe, wie die Sonne untergeht, bin isch froh, daß isch nischt sterben muß. Das macht die Leute wahrscheinlisch immer so sentimental.«

Das Gefühl der Unsterblichkeit – das kannte er nicht. Ihr Körper war für eine Androidin unwichtig. War er abgenutzt, konnte er durch einen neuen ersetzt werden. Ihr »Geist« ließ sich kopieren, in einen anderen Neuralnetz-Computer einpflanzen, und dann konnte es weitergehen. Das mußte, immer vorausgesetzt, sie besaß wirklich ein Selbstbewußtsein, wie sie behauptete, ein ganz besonderes Gefühl erzeugen, wenn man daran dachte. Er versuchte, sich das vorzustellen. Reinkarnation – das kam dem vielleicht am nächsten. Darüber hatte er früher manchmal nachgedacht: Wie es wäre, wenn man ein zweites oder drittes Mal auf der Welt wäre, einen anderen Körper hätte, sich aber daran erinnern könnte – das war die Bedingung –, was man im früheren Leben gemacht und gedacht hatte. Wenn man überhaupt mit dieser Vorstellung zurechtkommen wollte, müßte man irgend etwas – ja was? – konstatieren, das bei allen Personen, die man war, sich gleich bliebe, woran man sich wiedererkennen würde. Lauter total verschiedene Leute kann man ja nicht unter den Hut einer durablen Identität bringen. Und wenn es eine solche Identität nicht gab, abgesehen von etwas Verbindendem, das man nur noch allgemein menschlich, aber nicht mehr individuell nennen konnte? Dann war ihm an der ganzen Reinkarnation nichts gelegen, denn das Wesentliche war schließlich seine Einmaligkeit, seine Individualität.

Das war es! Androiden besaßen keine Individualität. Sie waren lediglich Kopien von Individuen, beliebige Kopien. Das war der Preis für ihre Unsterblichkeit. Und der Preis für die Individualität – war der Tod. Man war einmalig und vergänglich, und deshalb mußte man bei Sonnenuntergängen melancholisch werden, denn die Sonne würde noch immer auf- und untergehen, wenn man selber längst schon nicht mehr da war. Eine kostbare Verschwendung! Man war etwas, das es nur ein einziges Mal gab, etwas, das nie wiederholt wurde. Wer einen nicht gesehen hatte, während man lebte, der konnte einen niemals mehr sehen. Ihn überkam ein Gefühl luxuriösen Behagens. Wert besaß nur, wovon es lediglich ein einziges Exemplar gab, etwas, das sich nicht kopieren ließ, etwas, das vergänglich war. Arme Androiden!

Als er mit Ilonka nach diesen Sonnenuntergangsreflexionen auf der Rückfahrt vom Strand durch Westerland kam, wo das Gesindel flanierte, kamen ihm bereits wieder Zweifel an seiner stolzen Einmaligkeit. Was war denn zum Beispiel mit diesem Pack, diesen Eislutschern und Popcornfressern? Alles wertvolle, einmalige, vergängliche Individuen? Es waren doch alles Menschen, und alle würden sie mal hops gehen. Nee! – Um die meisten war es wirklich nicht schade. Es gab viel zu viel davon. Dumm, gierig, unverbesserlich, alles verpestend, zertrampelnd, verdreckend, zerstörend. – Androide müßte man sein!

11. KAPITEL

Roulette

Einen Charakter? – Nein, einen Charakter hatte sie eigentlich nicht. Als Ilonka mit dem französischen Akzent hatte sie sich ihm angepaßt. Es war Verlaß darauf, daß sie täglich das tat, was sie auch schon an den anderen Tagen getan hatte: Duschen, Kaffee kochen, Tisch decken, Tisch abräumen, das Bett machen, lesen, fernsehen. Sie war bereit, auf alle seine Wünsche einzugehen. Auf der Beantwortung von Fragen zu insistieren, hatte sie sich abgewöhnt. Sie hatte offenbar kapiert, daß er in sehr vielen Dingen inkompetent war. Sie korrigierte ihn auch seltener, wenn er etwas falsch sagte, was sie besser wußte. Ihr ganzes Verhalten war nicht auf Konfrontation angelegt, solange er darauf verzichtete, seine vermeintliche Überlegenheit als Mensch herauszukehren. Dann aber parierte sie sofort. Eine überzeugte Androidin. – Auch wenn sie ihm stets gehorchte, war sie doch keine Sklavin. Sie schien ihn für einige Zeit bedingungslos als Instrukteur in Fragen menschlicher Lebensgewohnheiten akzeptiert zu haben, und ihr Wille, ständig zu lernen und Fortschritte zu machen, war fest in ihr programmiert. Wenn sie auch auf eigene Faust nichts unternahm, so brachte sie ihn doch mit sanfter, aber unablässiger Gewalt dazu, daß er ihr gewährte, was sie wollte. Eine typisch weibliche Charaktereigenschaft? Es sah so aus, aber er wollte darin lieber ein Computerprogramm als das Merkmal eines Charakters sehen.

Mittlerweile – es waren gerade acht Tage vergangen, seit sie zum »Leben« erwacht war – machte sie selbständig Einkäufe. In der ersten Zeit hatte er sie noch dabei begleitet und sich im Hintergrund gehalten, um jederzeit eingreifen zu können, wenn etwas schiefging, aber es ging nichts schief. Sie fiel nirgendwo auf. Reizvolle Preisfrage: Welche der Frauen, die hier in der Schlange vor der Kasse stehen, ist eine Androidin?

Aber ihr Charakter – vielleicht war sie ja dabei, einen auszubilden. »Es bildet ein Talent sich in der Stille / Sich ein Charakter in dem Strom der Welt.« Was gehörte denn so alles zu einem Charakter? Er dachte darüber nach, und war sich sofort im unklaren. Treue war ein Charakterzug, ebenso wie das Gegenteil: die Neigung zur Untreue. Wie unterschied sich aber Treue vom Widerwillen gegen knorpliges Fleisch? War letzterer keine Charaktereigenschaft? Wahrscheinlich nicht. Warum eigentlich nicht? Er – Pit Corduan – besaß ihn von Kindheit an, und er konnte sich nicht vorstellen, daß er jemals mit Lust – wie es manche Menschen wirklich taten – Knorpel zerkauen würde. Der hartnäckig Treue konnte plötzlich zu einem Ausbund von Untreue werden und alles in Jahren Verkniffene nachholen. Hatte sich und anderen den Treuen nur vorgespielt.

Charaktereigenschaften sind aber doch etwas, das einem anhaftet, gegen das man nichts mehr tun kann. Bloß: Wie weiß man, was bei einem stabil bleiben wird? Eigentlich erst nach dem Tode. Dann kann man sagen, was Charakter und was Schau gewesen ist. Nein, das stimmt auch nicht. Mancher pflegt eine Marotte bis zum Tode, weil er nie auf den Gedanken gekommen ist, sie mal abzulegen, was ohne weiteres möglich gewesen wäre. Das individuelle Charakterbild – konnte man es überhaupt zeichnen, gab es das überhaupt? Was in dem Haufen von Eigenschaften eines Menschen gehörte wirklich zu ihm? Je nach Stimmung zeichnete man von sich und anderen ein entsprechendes Phantasiebild. – Ilonkas Charakter? Es war aussichtslos, darüber nachzudenken. Er hatte jedenfalls meistens das Gefühl, eine mit sich identische Person vor sich zu haben – aber wahrscheinlich war das eine Täuschung. Da war zum Beispiel diese frappante Fähigkeit, andere zu imitieren. In der folgenden Zeit baute sie das immer mehr aus. Sie sahen sich eine Video-Kassette an – er hatte eine hübsche Sammlung akzeptabler Filme – und Ilonka pickte sich eine Frau heraus, die sie nachher spielen wollte. Sie brachte es fertig, bis in die kleinste Nuance die Bewegung einer Darstellerin nachzuahmen, und noch mehr: Sie konnte einen eigenen Text produzieren, der zu der Rolle absolut paßte. Sie hatte die Fähigkeit, das Wesen einer dargestellten Person genau zu erfassen und sich anzueignen. Das klappte nicht nur mit fiktionalen, sondern auch mit echten Personen. Einen Abend lang sprach sie nach einer Fernsehsendung wie Desirée Bethge, und er ließ sich mit wohlig-masochistischem Grauen von ihrer Schlagfertigkeit mattsetzen. Gut war sie als Anna Karenina nach der Garbo, und als Lollobrigida gab sie sich sinnlich-italienisch. Das war ja nun entschieden mehr als die verblüffend getreue Wiedergabe von gespeicherten Worten und Klängen. Sie war eine vollendete Charakterdarstellerin, aber ihr eigener…? Schluß! Das führte zu nichts! Er gab es auf, darüber nachzudenken.

Mittlerweile hatte er ihr die Insel von Norden bis Süden gezeigt. Sie waren am Lister Hafen gewesen, hatten, damit sie mal ein bißchen Volk zu sehen kriegte, eine von diesen grauenvollen Einkaufsfahrten zu den Seehundsbänken mit der »Palucca« gemacht. Sie hatten die Nackten am Weststrand angesehen wie einen zoologischen Garten, ein Freigehege, eine Streichelwiese, waren durch die wildverwucherte Vogelkoje geklettert, wo man früher mal Wildenten gefangen hatte. Auch ein bißchen geritten waren sie – ja, das lernte sie sehr viel leichter als das Schwimmen – über das flache Acker- und Wiesenland bei Archsum und Morsum. Ein paarmal speisten sie in guten Restaurants, im »Landhaus Stricker«, im »Landhaus Nösse« – »Landhaus« als Lockname für astronomische Gastronomie –, weil sie auch das kennenlernen wollte, die Sterne und Preise. Sie bemühte sich erfolgreich um andächtiges Kauen, kennerhaftes Trinken, die graziöse Benutzung der Serviette. Schon längst schüttete sie Getränke nicht mehr in sich hinein wie den Whisky bei Marion. Das Rauchen von Zigaretten lernte sie nicht. Sie besaß keine Vorrichtung zum Einziehen und Ausstoßen des Rauches. Das war ja auch wirklich nicht nötig. Raucher fielen heute ja eher unangenehm auf. Was konnte man denn nun noch machen? Allmählich erschöpften sich die Möglichkeiten. Er charterte ein kleines Lufttaxi und zeigte ihr die Insel von oben. Das machte ihr sehr viel Spaß. Da sie die Landkarte studiert hatte, erkannte sie aus der Luft sofort alles wieder und verblüffte den Piloten mit ihren Lokalkenntnissen.

»Das ist der Dorfteisch«, sagte sie, als die Maschine die Insel in südlicher Richtung überflog und Wenningstedt unter ihnen lag. »Und die Friesenkapelle, das Kurmittel-aus, Friedrischs-ain, Ehrenfried-of, der Golfplatz, Nordseeklinik, die Stadtwerke in Westerland, Rat-aus, Spielbank, Fried-of der Eimatlosen, Nicolai-Kirsche, Süderstraße, Trift...«

Als sie gelandet waren und den Flugplatz wieder verlassen hatten, schoß sie ihre Fragen auf ihn ab: Was ist ein Ehrenfriedhof? Was macht man auf einem Golfplatz? Was ist der Friedhof der Heimatlosen? – Er war froh, ihr antworten zu können. Die Regeln des Golfspiels erläuterte er ihr sehr ausführlich, und was es mit den Heimatlosen, den vom Meer angespülten, nicht identifizierten und dann auf dem kleinen Friedhof beigesetzten Leichen auf sich hatte, konnte er auch erklären. Ja, ja, die Toten, in Ehren oder heimatlos – es war reiner Zufall, wo man landete. Eine Androidin brauchte das ja nicht zu kümmern. Dann kam sie noch mit der Spielbank, und das konnte er ihr auch sehr anschaulich erklären, was zur Folge hatte, daß sie unbedingt da rein wollte. Na schön, also ein bißchen Geld verspielen.

Pit Corduan war kein Spielertyp. Nur selten hatte er mal eine Spielbank aufgesucht, hauptsächlich, um nach hübschen Frauen Ausschau zu halten, die man zu Probefotos für ein Modejournal überreden konnte, um sie anschließend ins Hotelbett und unter die Gipshaube zu bringen. Er setzte sich stets ein Limit für seine Einsätze und spielte nur so lange, bis der Betrag und etwaige Gewinne futsch waren. Jetzt also mit Ilonka in die Westerländer Spielbank.

Man beachtete sie, wie er befriedigt feststellte. Versehen mit einem bescheidenen Vorrat an Chips nahmen sie am Roulette-Tisch Platz. Eine Gruppe von vier Japanern, wie es sich gehört in dunkelblauen Anzügen, rissen ihre Schlitzaugen besonders weit auf. Was wollten die hier auf Sylt? Er konnte sich nicht erinnern, in früheren Jahren so eine Gruppe auf der Insel gesehen zu haben. Das mochte Zufall sein. Sie waren doch auch sonst überall, und er konnte sie nicht ausstehen. Am schlimmsten war es mit ihnen in Heidelberg. Einmal hatte er im Hotel »Goldener Hecht« übernachtet, direkt an der Neckarbrücke. Berühmtes Hotel. Schon Jean Paul hat da mal übernachtet. Am Morgen wurde er wach durch grauenhaftes Gekicher. Aufstehen, durch den Vorhang spähen: vor der Brücke eine Gruppe Japaner, die sich vor den Brückenfiguren gegenseitig fotografierten und sich vor unbegreiflich guter Laune in dieser Frühe ausschütteten. Kaum waren sie weg, kam die nächste Gruppe, und dasselbe Spiel begann. Eine Ausstellung aller von Japanern mit Japanern an dieser Stelle im Verlauf eines Jahres gemachten Fotos – das wäre was! Allerdings brauchte man eine große Halle dafür. Jetzt wollten sie wohl Sylt aufkaufen, nachdem der hochstaplerische Immobilienmakler aus dem Kohlenpott damit gescheitert war. Wäre kein Wunder.

Er setzte zehn Mark auf »unpair« und verlor. Dann zehn Mark auf »rouge« – und wieder nichts. Zweihundert Mark wollte er dreingeben, häppchenweise an den Croupier verfüttern. Ilonka schaute zu. Wenn die Kugel rollte, hielt sie den Blick starr darauf fest.

»Kann isch auch einmal setzen?«

»Aber bitte.«

Er gab ihr einen Chip, aber sie setzte nicht. Traute sich wohl doch noch nicht. Die Kugel rollte. Da, kurz vor dem Abpfeifen des Croupiers, setzte sie auf »fünfundzwanzig«. – Gewonnen!

»Das ist jetzt meins. Das abe isch gewonnen. Damit spiele isch noch einmal.«

Dagegen war nichts einzuwenden. Wieder wartete sie, auf das Roulette starrend, bis zum letzten Augenblick. Dann setzte sie. Alles auf einen Schlag. Diesmal auf »sechsunddreißig«. Und gewann ein zweites Mal. Die Japaner kicherten nicht mehr, sondern glotzten nur noch.

»Du hast aber Glück«, sagte er zu ihr.

»Isch abe kein Glück. Isch weiß, wo die Kugel steenbleibt. Das ist ganz einfach. Das kann man sisch doch ausreschnen. Isch weiß nischt, warum die alle so dumm sind und immer verlieren.«

»Sei bloß ruhig«, flüsterte er. »Man wird schon auf uns aufmerksam.«

»Soll isch nischt mehr spielen?«

Einen Augenblick kämpfte er mit sich. Eine neue, unerwartete Fähigkeit der Androidin hatte sich gezeigt. Sie würde zuverlässig jedes Mal gewinnen, weil ihr Computer das offenbar errechnen konnte. Ganz schöne Gelegenheit, ein bißchen abzukassieren. Andererseits aber sollte man nicht auffallen, und so erschien es ihm ratsamer, auf die beiden Gewinne nicht noch einen draufzusetzen, sondern erst mal ein Päuschen einzulegen.

»Wir gehen jetzt was trinken, und dann kommen wir noch mal zurück.«

Jede andere hätte er jetzt hier nicht weggekriegt. Sie aber gehorchte und stand auf.

»Aber, junge Frau«, keuchte ein Kürbiskopf neben ihr. »Sie haben eine Glückssträhne. Sie sollten nicht aufhören. Wenigstens noch einmal sollten Sie es versuchen. Drei Treffer hintereinander, das gibt es öfter mal.«

Sie beachtete ihn nicht und folgte Corduan zur Bar.

Auch die Japaner hatte ihre Plätze am Spieltisch geräumt und gingen an die Bar. Hatten sie überhaupt gespielt oder nur gekichert? Jetzt bestellten sie sich alle vier Whisky und schauten ununterbrochen zu Pit und Ilonka hinüber. Sie machten neugierige Ohren, und deshalb schwieg Corduan. Er malte sich die Zukunft der Spielcasinos aus, wenn die Androiden erst mal in größeren Scharen ausschwärmten. Reihenweise würden sie schließen müssen oder eine wirksame Androiden-Kontrolle installieren. Zur Zeit allerdings konnte man mit Ilonka von Spielbank zu Spielbank reisen und abräumen. Wäre doch eigentlich nicht schlecht. Ob man das machen sollte? Sie wären natürlich bald überall bekannt, die Fama würde ihnen vorauseilen, und dann kämen sie auch da nicht mehr rein, wo sie zum ersten Mal erschienen. Aber einen schönen Batzen Geld bekäme man bis dahin trotzdem zusammen. Es war zu erwägen, ob er nicht alle Fototermine abblasen oder einen Stellvertreter engagieren sollte, um mit Ilonka auf Spielbank-Tournee zu gehen.

Jetzt aber wollte er erst mal feststellen, ob ihre Treffsicherheit hundertprozentig war. Also zurück an den Spieltisch nach ungefähr einer halben Stunde. Das Publikum hatte zum Teil gewechselt. Der Kürbiskopf allerdings war noch da. Bevor sie sich setzten, gab Pit ihr sehr nachdrücklich die Ermahnung, nicht dauernd zu gewinnen. Zwischendurch solle sie geringere Summen auf Zahlen setzen, von denen sie wußte, daß sie nicht kamen. So verlor sie gleich das erste Spiel, und der

Kürbiskopf meinte, es sei ein Fehler gewesen, daß sie vorhin nicht drangeblieben sei. Sie war selber so geschickt, auch noch ein zweites Mal zu verlieren. Jetzt achtete schon keiner mehr auf sie. Dann gewann sie auf einen mittelhohen Einsatz, dann wieder nicht. Ganz leise flüsterte sie Pit jedesmal zu, wie es laufen würde. »Jetzt«, sagte sie, wenn Gewinn ins Haus stand, »jetzt nischt«, wenn sie danebenzielte. Es sammelten sich mit der Zeit ganz hübsche Türmchen von Chips vor ihrem Platz, und hinter ihr standen schließlich die vier Japaner, kicherten und quatschten. Wahrscheinlich machten sie obszöne Bemerkungen über Ilonka und freuten sich, daß sie niemand verstand. Der Kürbiskopf machte ihr alles nach und setzte wagemutig auf dieselbe Zahl wie sie, was ihm gelegentlich herbe Verluste brachte. Schließlich schien er dahinterzukommen, daß sie jedesmal, wenn sie verlor, einen geringen, wenn sie gewann, einen hohen Betrag gesetzt hatte, und fortan richtete er sich auch in der Höhe seiner Einsätze nach ihr. Es wurde Zeit, Schluß zu machen. Zehntausend Mark waren gewonnen worden, das reichte. Verfolgt von den Blicken aller zogen sie ab. Die Japaner waren plötzlich verschwunden.

Als sie im Chevi saßen, sagte sie: »Bin isch jetzt dein Goldesel?«

»Was ist ein Goldesel?« fragte er heuchlerisch naiv.

»Ach, das ist ein Märschen aus deiner Bibliothek. Das ast du wohl auch nischt gelesen, wie das meiste. Da gibt es ein Tischleindeckdisch, einen Goldesel und einen Knüppel aus dem Sack.«

»Knüppel auf dem Sack ist gut. Den habe ich auch.«

Zu seiner Überraschung faßte sie ihm sofort an den Schwanz. »Gelogen. Für einen Knüppel ist er viel zu weisch.«

Wie kam das bloß in sie hinein? Zweideutigkeiten hatte er bis jetzt noch nicht mit ihr geübt. Nicht einmal zu direktem Zugriff hatte er sie jemals ermuntert. Und er liebte das sehr, wenn es spontan kam.

Dieser neuentdeckte Sinn für erotische Späße ließ ihm keine Ruhe. Als sie im Bett lagen, fragte er sie:

»Wieso hast du das eigentlich mit dem Knüppel und dem Sack verstanden? Hat la Trémouille so was mit dir geübt?«

»Ach was! Das war doch ganz einfach. Das ier ist doch ein Sack, und das da manschmal... oh, ja... ein Knüppel!«

Das mußte er freilich erst mal abreagieren, aber dann kam er wieder auf sein Problem zurück.

»Wieso hat ein Computer Phantasie? Die kann man doch nicht künstlich erzeugen, es sei denn, man programmiert das alles vorher rein. Aber dann genau ist es keine Phantasie mehr.«

»Isch weiß es auch nischt. Es ist mir eben eingefallen. Du mußt nischt denken, daß alles bei mir programmiert ist. Wenn das Neuralnetz genug Informationen at, dann fängt es selber an, damit was zu machen. Das ist bei Menschen überaupt nischt anders.«

»Du meinst, Denken und Erfinden geht automatisch los, wenn da nur die richtigen Verknüpfungen der Neuronen und entsprechende Impulse vorhanden sind, wenn das Ganze genügend komplex und angefüllt ist?«

»So ähnlisch. Die Leute, die mein ›Ge-irn‹ gebaut aben, wußten nischt, was isch mal damit mache. Sie wußten ja auch nischt, was isch alles speischern werde. Aber daß ein Neuralnetz das ganze Durscheinander ordnen kann, das war ihre Entdeckung.«

»Das heißt also: Geist ist künstlich zu erzeugen.«

»Ja. – Das ast du doch schon die ganze Zeit an mir gese-en. Oder willst du beaupten, isch ätte keinen Geist?«

»Das werde ich wohl lassen. Aber eine Persönlichkeit bist du nicht. Das täuschst du nur vor.«

»Das tust du ja auch. Oder weißt du, wer du bist? Du ast dir was zusammengesucht, und das spielst du jetzt. Und weil du das schon so lange spielst, glaubst du, du mußt so sein und nischt anders. Und das nennst du dann deine Persönlischkeit.«

»Liebst du mich eigentlich?« fragte er unvermittelt, den Blick gegen die Decke gerichtet.

»Natürlisch liebe isch disch. Warum fragst du das?«

»Weil das gar nicht so natürlich ist. Oder doch? Ich bin der erste Mann, den du kennengelernt hast. Junge Gänse, die gerade geschlüpft sind, laufen hinter jedem Wesen her, das sie als erstes erblicken, weil sie es für ihre Mutter halten, ganz automatisch. Das hat man ausprobiert. Du kannst doch noch gar nicht wissen, was Liebe ist.«

»Was ist denn Liebe?«

»Liebe ist – ja, das ist mit einem Satz nicht zu sagen. Liebe ist etwas, das nur die Menschen kennen, die Tiere nicht. Nein, die Tiere nicht. Obwohl es manchmal so aussieht. Der Hund zum Beispiel – von dem sagt man, er ›liebt‹ seinen Herrn. Aber das ist nicht dasselbe, wie wenn ein Mensch einen Menschen liebt...«

»Und wenn ein Mensch einen Und liebt?«

»Das ist... auch nicht dasselbe, als ob ein Mensch einen Menschen liebt, obwohl es sicher Liebe ist, aber...«

»Er schläft nischt mit dem Und.«

»Nein. – Das heißt, das gibt es auch. Aber das ist nicht Liebe, das ist Sex. Nur Sex. Liebe ist was anderes als Sex.«

»Das mußt du mir mal erklären.«

»Liebe ist umfassender. Ja, so kann man sagen: umfassender. Sex richtet sich nur auf den Körper, Liebe auf den ganzen Menschen, auf Körper und Seele, auf Körper und Geist, auf seine ganze Person. Und deshalb ist Liebe natürlich das Größere, Wichtigere, das, worauf es letzten Endes ankommt.«

»Der Körper ist nischt so wischtisch?«

»Nein. – Doch, natürlich ist er wichtig. Eine Frau mit einem häßlichen Körper könnte ich nicht lieben... also wenigstens nicht so lieben wie eine mit einem schönen Körper. Eine Frau, mit der man gerne Sex macht und die man auch noch richtig liebt, das ist das Ideal.«

»Liebst du misch?«

»Hm. – Ich mache Sex mit dir. Dafür habe ich dich gekauft. Nur für den Sex. Daß du auch noch einen künstlichen Geist hast, konnte ich nicht ahnen. Und ob man einen künstlichen Geist lieben kann, das weiß ich noch nicht.«

»Aber mit einem künstlischen Körper kann man Sex machen?«

»Ja. Das siehst du doch. – Manche machen das mit einer ganz simplen, aufgeblasenen Gummipuppe.«

»Isch glaube, darüber mußt du doch noch einmal gründlisch nachdenken. Es ist viel Blödsinn darin, was du sagst. Aber eines Tages wirst du misch lieben. Das weiß isch genau. So. – Und nun muß isch meinen künstlischen Geist abschalten, weil er müde ist.«

12. KAPITEL

Meereshimmel mit Modell

Cornelia rief an. Das Telefon klingelte, als er unter der Dusche stand. Ilonka, sich strikt an die Weisung haltend, nahm den Hörer nicht auf, sondern steckte den Kopf durch die Badezimmertür.

»Telefon. Geh dran, isch trockne disch ab.«

Und während er tropfend neben dem Apparat stand, rubbelte sie an ihm mit dem Badetuch. – Cornelia entschuldigte die Störung, aber es sei dringend. Die Idioten mit dem Herbstkatalog hätten ein Fotomodell, das auf drei verschiedenen Seiten drei verschiedene Klamotten präsentiere, abgelehnt. Die passe auf keinen Fall. Da müsse eine andere her. Um wen es sich handle? Um Yvette. – Na ja. War halt ein Notbehelf gewesen, weil der Termin so drängte. Jetzt drängte er naturgemäß noch mehr, und in zwei Tagen sollten neue Fotos mit neuem Modell abgeschickt werden. Cornelia hatte die Kartei vor sich, machte Vorschläge. Ob sie versuchen solle, eine zu kriegen, die sich noch heute in den Zug nach Sylt setzen lasse, damit er vielleicht sofort Fotos machen und den Film mit Bahnkurier nach Hamburg schicken könne? – Bloß niemanden herschicken! Nein, er werde hier schon eine Ziege auftreiben können. Aber die Kleider! Die lagen noch in Hamburg, wie üblich. Für alle Fälle. Also einpacken und als Kuriersendung mit dem Intercity nach Westerland schicken. »Theodor Storm«. Das sollte hinkommen. Da blieb einem noch der späte Nachmittag für die Fotos. Und wenn die Sachen der Dame, die er auftun wolle, nicht paßten? Dochdoch, das komme schon hin. Das sei seine Sorge. Cornelia bedauerte, ihm den Aufenthalt zu verderben, und ob sie nicht Bernd für die drei Fotos nehmen solle und ein Hamburger Modell? Nein, er mache das selber. Und wie es ihm sonst gehe? – Danke, mittelprächtig. – Na aber! Bei dem Wetter!

Er hatte sofort den Einfall, Ilonka als Modell zu nehmen. Sie dürfte so etwa die Figur von Yvette haben. Sie war gleich damit einverstanden. Er überprüfte seine Fotoausrüstung, fand auch noch genügend Material, das noch nicht verfallen war, und fuhr am Nachmittag rechtzeitig mit ihr zum Westerländer Bahnhof. In der Saison, wenn der »Theodor Storm« eintraf, fand man in Bahnhofsnähe kaum einen Parkplatz. Bereits angebratenes Gesindel fand sich ein, um neuankommendes rohes abzuholen. Bei der Autoverladestelle fand er schließlich noch einen Platz. Mit Ilonka im Bahnsteiggedränge nach Einlaufen des Zuges.

»Wenn die Androiden mal an der Macht sind, werden sie hoffentlich einen großen Teil von diesem Pack ausrotten«, sagte er verbiestert.

»Nein«, meinte sie, »die werden schon freiwillisch aussterben.«

»Schade, daß ich das nicht mehr erleben kann.«

Der Koffer mit den Kleidern war mitgekommen, und er schleppte ihn zum Auto. Das Wetter, das am frühen Morgen noch strahlend gewesen war, hatte sich eingetrübt. Wolken. Besseres Licht für die Aufnahmen. Knallige Sonne wäre schlecht gewesen. Sie fuhren über die Landstraße in Richtung List. Im nördlichen Naturschutzgebiet und am Strande wollte er die Fotos machen. Kurz hinter der Vogelkoje bog er nach links in eine Privatstraße ein, die sanft zu einer Düne anstieg und sich dann wieder senkte. Vor ihnen lag eine seltsame Ansammlung mittelgroßer Gebäude und kleiner, ja winziger Häuschen.

»Klappholttal«, sagte er, »das ist Klappholttal. Im ersten Weltkrieg war das ein Barackenlager der Wehrmacht. Heute ist es eine Volkshochschule, wo man singt und tanzt und Vorträge hört. Ein paar von den alten Baracken stehen immer noch.«

Sie parkten den Wagen und er trug den Kleiderkoffer und die Kameratasche über die mit roten Steinen neugepflasterten Gehwege zwischen den Häusern. Ein mittelgroßer Mann mit wehender Haarsträhne kam ihnen entgegen. Er hatte äußerlich eine gewisse Ähnlichkeit mit Gorbatschow und hieß Wedemeyer, Dr. Wedemeyer; er leitete den Laden hier.

»Nanu«, rief er schon von weitem in fröhlichem Erstaunen. »Was verschafft uns denn die hohe Ehre? Pit Corduan in Klappholttal!« Sie kannten sich. Vor Jahren war hier mal eine Ausstellung seiner Fotografien veranstaltet und umstritten worden. Der Mehrzahl der Gäste hatten seine Sachen sehr gut gefallen, aber an einem der Bilder hatte ein älteres Ehepaar, das schon seit seiner Jugendzeit immer nach Klappholttal kam, heftigsten Anstoß genommen. Da spielten ein zwölfjähriger Knabe und ein zehnjähriges Mädchen, beide nackt, mit sichtlich übertriebenem, parodistischem Gestus Liebespaar. Mußte das denn sein? Schließlich hatten auch andere gefunden, daß das nicht unbedingt sein mußte, und das Bild war, um Ärger zu vermeiden, abgehängt worden. Auf dieses Bild war Pit sehr stolz. Er fand es absolut gelungen. Der Junge hatte die rechte Hand am Busen des Mädchens, der noch gar nicht vorhanden war, und seine linke ruhte auf ihrem Oberschenkel in bedrohlicher Genitalnähe. Und dazu machten die zwei sagenhaft komische »lüsterne« Gesichter. Übrigens hatte er auch anderswo wenig Glück mit dem Bild. Wenn er es zeigte, breitete sich Beklommenheit aus. Da hatte er an ein Tabu gerührt, was Reines beferkelt, den Wahn von der unschuldigen Kindheit denunziert, oder so.

Händeschütteln. Wedemeyer war sichtlich beeindruckt von Ilonka.

»Der Starfotograf mit seiner Assistentin?« fragte er in bester Laune und warf den Oberkörper zurück vor Vergnügen.

»Modell«, sagte Pit. »Sie ist Fotomodell.«

»Das ist ja noch besser. Ich bin, glaube ich, noch nie einem berühmten Fotomodell begegnet. Daß Sie berühmt sind, setzte ich einfach voraus bei einem so berühmten Fotografen. Wo wollen Sie Ihr Modell denn fotografieren? Hier in Klappholttal etwa?« Seine gute Laune wirkte ungeheuer ansteckend.

»Mal sehn. Wir müssen drei verschiedene Herbstgarderoben fotografieren. Und ich suche einen geeigneten Hintergrund.«

»Dann sehen Sie sich mal um. Wir haben hier auch ein architektonisch sehr interessantes neues Gebäude. Sie haben es sicher schon bemerkt. Da drüben. Stellen Sie die Dame davor und präsentieren Sie den ›Klappholttaler Modeherbst‹.«

»Nicht schlecht«, lachte Corduan. »Aber ich glaube, wir nehmen doch lieber ein Stückchen der sogenannten unberührten Natur hier ringsum, Dünentäler, Dünengipfel, Strandhafer, Heidekraut und so.«

»Sie sollten rüber in die Vogelkoje gehen«, meinte Wedemeyer. »Da gibt es wunderschöne Motive.«

»Stimmt schon, aber ein bißchen unruhig. Könnte zu sehr von den Kleidern ablenken. Ich muß ja an die Kunden denken.«

»Ich wollte immer mal einen Kriminalroman schreiben. Den Titel hatte ich bereits: ›Das Geheimnis der Vogelkoje‹. Ist das nicht ein fabelhafter Titel? Haha! – Ich habe unter dem Titel dann eine Geschichte geschrieben in meinem Buch ›Die schönsten Sagen der Insel Sylt‹. – Wir sollten mal wieder eine Ausstellung mit Ihren Fotos machen, vielleicht im nächsten Jahr? Ich sitze schon am Programm. Dies Jahr ist für mich bereits gelaufen, auch wenn wir noch mitten drin sind im Sommer.«

»Damit wieder Bilder abgehängt werden können.«

»Ach was! Das kommt nicht mehr vor. Das Publikum hat sich doch sehr gewandelt. Die alten, etwas engstirnigen Leute sind so ziemlich ausgestorben.«

»Ich werde drüber nachdenken.«

»Ja, dann wünsche ich Ihnen heute... Wie sagt man bei Fotografen? Waidmanns Heil geht nicht. Petri Heil wohl auch nicht. Gut Schuß?«

Sie trennten sich. Corduan und Ilonka verließen die Siedlung und traten in das bewachsene Dünengelände hinaus. Sie stiefelten eine Weile durchs Heidekraut, und dann öffnete Pit den Koffer, um die Sachen anzuprobieren. Er hatte sich nicht getäuscht. Es paßte alles wie für sie gemacht. Als erstes kam eine Kombination aus Jacke, Jeans und Seidenbluse dran. Die neckisch-alberne Beschreibung für den Katalog lag bei: »Jacke – ›Black is beautiful‹, besonders mit zahlreichen glänzenden Details. Black-Denim-Jacke mit goldfarbenen Zierknöpfen. Akzente setzen die originellen Reißverschluß-Effekte an der Schulterpasse. Ausgesprochen dekorativ auch die goldfarbene Stickerei auf der Rückenpartie. – Jeans – Wilder Westen mit Niveau.« – Wer hatte sich das bloß einfallen lassen? – »Black Denim mit aufwendiger Stickerei und Reißverschluß-Zierbiesen an den Taschen. Mit Montagegürtel.«

Das stand ihr fabelhaft, und er nahm sie auf gegen den Hintergrund einer Düne und sehr dekorative graue Wolkenbänder. Wenn nicht gerade strahlende Sonne den Sommer suggerierte, sah die Landschaft hier völlig jahreszeitlos aus. Dann gingen sie ans Wasser hinunter – ganz hübsche Brandung – und nahmen eine Kombination aus Mantel, Lederrock und einer anderen Seidenbluse auf (»Sanft umhüllt werden Sie von diesem olivschwarzen Webpelzmantel mit Leoparden-Dessin«). Zum Schluß noch eine Blazer-Lederhose-Pullover-Kombination oben auf einer Düne. Ilonka bewegte sich professionell, als habe sie nie was anderes gemacht. Exakt befolgte sie jede seiner Anweisungen, verstand sofort, was er meinte. Androidinnen würden mal eine ganz gefährliche Konkurrenz für die meisten dieser begriffsstutzigen Blödlieschen werden.

Wenige Menschen waren heute am Strand. Hin und wieder Strandgänger mit gesenktem Bernstein-Blick. Hier fand man selten was. Als er an der Brandungskante fotografierte, hechelte ein splitternackter Jogger sackhüpfend mit schlenkerndem Schwanz vorbei. Ob das auf Frauen so anregend wirkte wie das Brüstezucken auf Männer?

»War das nicht ein schöner Schwanz, Ilonka?«

»Deiner gefällt mit besser.«

»Aber er ist kleiner.«

»Wofür ist das wischtisch?«

Als sie alles im Kasten hatten und aufbrechen wollten, sahen sie vier gleichkleine, dunkle Gestalten, die von Norden über den flachen Sand näherkamen. Er wartete, bis sie heran waren: die Japaner. In dunklen Anzügen! Grotesk! Sie drehten die Köpfe und starrten Ilonka an. Dann gurgelten sie heftig miteinander und trabten davon in Richtung Kampen. Ob die Japaner auch schon an Androiden bastelten? Wahrscheinlich nicht. Die warteten, bis die ersten auf dem Markt waren, und dann machten sie sie nach und verbesserten sie, und dann liefen bald übelall Japanel-Andloiden helum.

»Warum hast du eigentlich vorhin gesagt, die Menschen würden freiwillig aussterben? Freiwillig. Wie kommst du darauf?«

»Isch weiß es nischt, isch denke es mir. Vielleischt stimmt es, vielleischt stimmt es nischt.«

»Es stimmt nicht! – Wir werden es uns nicht kampflos gefallen lassen, daß ihr uns verdrängt.«

»Es wird eusch nischts anderes übrischbleiben.«

»Nein? Wir haben euch schließlich erfunden. Wir können euch auch wieder kaputtmachen.«

»Ihr seid viel zu stolz auf eure Erfindung. Ihr seid stolz auf alles, was ihr erfunden abt, ganz egal, ob es eusch kaputt macht. Die Zeitungen, die isch ier gelesen abe, sind voll von Katastrophen aus euren Erfindungen. Ihr abt eine Klimakatastrophe, lauter Umweltkatastrophen, eine Autokatastrophe und noch viele andere. Es ist rischtisch komisch, wenn man das liest. Alles kommt von den Erfindungen. Aber ihr macht keine wieder kaputt. Ihr abt sie alle viel zu lieb. Und ganz besonders lieb aben werdet ihr uns.«

»Da wäre ich mir aber nicht so sicher.«

»Aber isch. Wir sind das Beste, was ihr erfunden abt. Mehr könnt ihr gar nischt erreischen. Was es noch zu erfinden gibt, das werden wir erfinden. Ihr abt etwas gemacht, das denken kann, das genau so ist wie ihr, aber noch besser. Des-alb werdet ihr aussterben. Nischts bleibt besteen, was überflüssisch geworden ist.«

»Wir haben euch doch völlig in der Hand. Bevor ihr wirklich gefährlich werdet, hat man euch längst verboten. Und weil ihr noch nicht einmal Tiere seid, wird man euch nicht unter Naturschutz stellen.«

»In der ersten Zeit werden wir sehr nützlisch sein. Wir werden Arbeiter sein, die keine Forderungen stellen und alles machen, wozu ihr keine Lust mehr abt. Das bringt errlische Profite, und wenn es Profite gibt, könnt ihr nischt mehr denken. Ihr seid ganz ruisch, weil ihr meint, ihr könnt uns jederzeit abschalten. Aber ihr werdet es nischt tun, und dann werdet ihr es nischt mehr können.«

»Das ist kompletter Schwachsinn! Kaum hast du ein bißchen was gelernt, schon willst du die ganze Welt beherrschen. Den Dunkelmännern, die diese Androiden-Experimente angestellt haben, wird man das Handwerk legen. Auch die Gen-Forschung hat man unter Kontrolle gestellt.«

»Das glaubst du vielleischt und ein paar dumme Leute. Es geht alles weiter, weil ihr zu stolz darauf seid. Aber wirklische Erfolge wird es erst geben, wenn wir die Experimente machen.«

»Vielen Dank! Du hältst mich für den letzten Dorftrottel. Aber wenn du alles so gut kannst, warum bist du dann überhaupt noch bei mir?«

»Du ast Rescht. Isch könnte jetzt ge-en. Isch kenne disch auswendisch und sollte jetzt von einem anderen lernen. Aber isch bleibe bei dir.«

»Und warum?«

»Weil isch disch liebe.«

Er bog gerade in die Keitumer Landstraße ein. Sie drehte sich ihm zu und gab ihm einen Kuß auf die Wange. Einen Augenblick war er perplex über diese plötzliche Wendung. Das war doch bestimmt nur ein Trick von ihr.

»Für einen Neuralnetz-Computer ist das aber eine ziemlich irrationale Folgerung.«

»Was wundert disch das? Wir sind eusch schließlisch sehr ähnlisch.«

Als sie ins Haus traten, war Marion auf der Treppe. Sie trug einen zusammengerollten Teppich unter dem Arm, den sie draußen geklopft hatte.

»Na, ihr beiden Süßen. Während ich mich hausfraulich erniedrige, könnt ihr euch miteinander vergnügen.«

»Keineswegs. Wir haben gearbeitet. Ich habe Modefotos mit Ilonka gemacht.«

Marion legte die Rolle vor ihrer Wohnungstür nieder. »Du Glücklicher! Du kannst sie fotografieren. Und mein bescheidener Wunsch, sie malen zu dürfen...«

»Du hast nie wieder was davon gesagt.«

»Ich wollte euer junges Glück nicht stören. Aber jetzt hat es sich von selber so ergeben. Na, wann darf ich mal?«

»Wann du willst. Morgen?« Pit war von grenzenlos gönnerhafter Großzügigkeit.

»Morgen. Gut. So gegen elf? Wenn es Ilonka paßt?«

Es paßte ihr. – »Diese Aktmalerei gefällt mit überhaupt nicht«, sagte er, als er die Wohnungstür hinter sich geschlossen hatte.

»Bist du eifersüschtisch?«

»Genau das.«

»Aber das ist Blödsinn. Marion ist doch kein Mann.«

»Siehst du, jetzt kann ich dir doch noch was beibringen, und es ist gut, daß du mich noch nicht verlassen hast, weil du mich auswendig kennst. Marion ist lesbisch. Und jetzt wirst du fragen, was das ist. Ich habe nämlich kein Buch darüber, wo du es hättest lesen können.«

»Lesbische Liebe, Sapphische Liebe, griechisch Tribadie, die weibliche Form der Homosexualität, benannt nach der Insel Lesbos, wo diese Anomalie heimisch gewesen sein soll. Die Dichterin Sappho, die auf Lesbos lebte, gilt als Anhängerin der ersten lesbischen Liebe«, zitierte Ilonka akzentfrei aus dem Lexikon und fuhr gleich fort: »Homosexualität, Inversio sexualis, Umkehrung – Perversion – des Geschlechtstriebes, die als Zuneigung zu Personen des eigenen Geschlechts erscheint; teils anlage-, teils umweltbedingte – durch Verführung – Anomalie...«

»Ja, ja, ja«, unterbrach er ihren Vortrag. »Das weißt du also auch. Ziemlicher Stuß, dieser Lexikontext. Überall spürt man den moralisch erhobenen Zeigefinger.«

»Dir paßt es doch auch nischt.«

»Ich habe überhaupt nichts dagegen. Meinetwegen könnt ihr euch knutschen soviel ihr wollt. Ich wollte dich nur vorwarnen.«

»Isch werde misch nischt knutschen lassen.«

»Aha. Androidinnen sind heterosexuell?«

»Das vielleischt nischt, aber isch will nischt, daß sie meine Batterie entdeckt!«

»Schlau! Sehr gut! Darauf wäre ich jetzt leider nicht gekommen. Also gut. Dann kann ja nichts passieren.«

Als sie am nächsten Tag kamen, hatte Marion schon alles vorbereitet. Sie hatte eine neue Leinwand aufgestellt, die schon grundiert war. Farben, Palette und ein

Pinselstrauß standen bereit. Marion trug einen kniekurzen weißen Kittel und darunter offenbar gar nichts. Vorsichtshalber hatte Pit seine Androidin aufgeheizt und dann eine frische Batterie eingesetzt, welche wohl die nächsten zwei Stunden durchhalten würde. Es war immerhin recht wahrscheinlich, daß Marion Ilonka mal anfassen würde, und dann sollte sie sich nicht wie eine Leiche anfühlen.

»Nehmt Platz. Ich darf wohl annehmen, daß du deine Freundin bewachen willst, weil du mir nicht traust.«

»Ich bewache Ilonka nicht. Was ist das für eine Unterstellung! Sie ist schließlich ein selbständiger Mensch.«

»Welch fortschrittliche Gesinnung aus deinem Munde! Aber du darfst ruhig zugucken. Ich werde nicht nervös, wenn man mir über die Schulter schaut. Du hast bestimmt noch nicht gesehen, wie ein richtiges Bild entsteht. Du brauchst dazu ja nur auf den Knopf zu drücken.«

»Wenn es so einfach wäre, liebe Marion, dann gäbe es keine hochbezahlten Fotografen.«

»Ich weiß. Auf den Blick kommt es an, auf das Feeling, das man nicht beschreiben kann, auf den richtigen Augenblick und so weiter. Alles, was auch ein Maler können muß, nur daß bei dem noch ein bißchen mehr Handwerk dazugehört.«

»Klar. Zugegeben. Du bist mir turmhoch überlegen. Und ich lerne gerne hinzu.«

Ilonka zog den Bademantel aus, und Marion erging sich in Entzücken. Diese Figur! Diese Schenkel, dieser Popo, diese Brüste! Und prompt ging es ans Anfassen, wie er vorausgesehen hatte.

»Ich muß ein Aktmodell erst begreifen, damit ich das wirklich malen kann. Das macht nicht jeder, aber ich mache es. Ich muß es machen. Ich darf doch, Ilonka?«

Sie hatte nichts dagegen und ließ sich begrapschen. Von den Brüsten konnte sich die Malerin gar nicht mehr losreißen.

»Hier fühle ich Verwandtes. Sie fassen sich genauso an wie meine. Willst du mal vergleichen, Ilonka?«

Ja, gehorsam fand Ilonka, daß ihrer beider Brüste vergleichbar waren.

»Ich will das auch mal fühlen«, verlangte Pit. Und ohne sich zu zieren drehte Marion ihm ihren entblößten Oberkörper zu. Er war ja ein Mann, da machte es nichts. Bei Ilonka hatte sie das ganz bestimmt mehr erregt. Gut, fand Pit, aufregend gut. Schade, daß da nie was laufen würde zwischen ihnen.

Und dann begann Marion mit der Arbeit. Sie skizzierte Umrisse, probierte den Farbton der Haut und fing an zu pinseln. Mit der Zeit war das ziemlich langweilig. Nach einer halben Stunde hatte Pit genug davon und sehnte sich hinaus. Weil er sich auf Ilonka verlassen konnte, verabschiedete er sich für ein knappes Stündchen. Ein bißchen frische Luft! Es war so schrecklich warm hier. Also bis gleich!

13. KAPITEL

Beim Dichter

Er schlenderte durch Keitum. Die C.-P.-Hansen-Allee hinunter, und mal nach rechts, mal nach links in die kleinen Straßen. Hier hatte er sich, als er zum ersten Mal in Keitum war, wahnsinnig verfranst auf der Suche nach dem Restaurant »Fisch-Fiete« und gefunden, daß der kleine Ort ein Maximum an topographischer Verwirrung bot. Heute konnte er das nicht mehr verstehen. Es war ihm nach einem Schwatz zumute, und so kehrte er in Astas enge irische Wollstube ein, wo um diese Stunde noch nicht viel Betrieb war.

»Du bist wohl schon eine ganze Weile hier«, sagte Asta, die mit einem Iren verheiratet war und Boysen-Kelly hieß. Sie kannten sich seit mehreren Jahren. »Da wird es aber Zeit, daß du mal vorbeischaust.«

»Eben.«

»Du sollst ja eine ganz tolle Frau mit dabei haben.«

»Wer sagt das?«

»Na, das spricht sich doch rum.«

»Muß wohl so sein. Jedenfalls ist sie so schön, daß Marion sie gerade malen muß. Da habe ich die Gelegenheit benutzt, mal auszukneifen.«

»Wohl ganz schön anstrengend.«

»Das kann man wohl sagen. Aber das geht auch mal vorüber.«

Sie quatschten eine gute halbe Stunde, und Pit musterte zwischendurch das Angebot an irischen Wollsachen in ihrem Laden. Bei Cashmere-Pullovern konnte er nie widerstehen. Als er Abschied nahm, mit dem Versprechen, Ilonka bald vorzuführen, hatte er schon wieder einen gekauft, einen dunkelgrünen.

Es war immer noch zu früh, zu Marion und Ilonka zurückzukehren. Er schaute beim Dichter über den Zaun und konnte ihn rechts in seinem kleinen Werkstatthäuschen rumoren sehen. Er trat durch die niedrige, hölzerne Schwingtür in den Garten. Boy Lornsen, Kinderbuchautor und Bildhauer mit Zimmermanns- und Tischlerkenntnissen.

»Hallo, Boy!« sagte Pit und steckte den Kopf durch die Tür.

»Hallo, Pit!« Der Dichter blickte von seiner Arbeit auf, ein drahtig-schmales Kerlchen mit grauem spärlichem Haar und wachen Vogelaugen hinter leicht angestaubten Brillengläsern. Wer nicht wußte, daß er die Fünfundsechzig schon hinter sich hatte, konnte sein Alter schwer schätzen. »Meine Hexen wollen nicht richtig fliegen. Ich hab sie noch mal runternehmen müssen. Mal sehn, was sich verbessern läßt.«

Blocksberghexen, blecherne Blocksberghexen, die um einen metallenen Kegel, der einen etwas abstrakten Blocksberg vorstellte, im Winde rotieren sollten, auf dem Giebel des Werkstatthäuschens, verfertigt vom Dichter, der sich gern vom Schreiben erholte, indem er etwas mit seinen Händen schuf. Boy war einer der wenigen Menschen, über die Pit sich nie mokierte. Er liebte ihn, fühlte sich hier zu Hause.

»Ich bin ganz allein«, sagte Boy. »Margot ist auf dem Festland und Dirk auf Lesereise.«

Da seine Arbeit eine Unterbrechung vertrug, schlug er vor, sich auf dem Sitzplatz vor dem Häuschen niederzulassen, ging hinüber zum Wohnhaus und holte zwei Flaschen Weizenbier heraus.

»Oder willst du lieber Wein?«

»Nein, am Vormittag noch nicht.«

Sie redeten über Blocksberghexen, über den Sohn, dessen erstes Buch ein Erfolg war und Einladungen zu

Lesungen brachte, über hinterhältige Verlage und das fabelhafte Wetter dieses Sommers.

»Und was machst du hier?«

»Na ja, ich habe ein bißchen fotografiert, ansonsten faulenze ich.« War hier schon was von Ilonka bekannt? Vielleicht nicht. Von sich aus wollte er nicht damit anfangen. Boy steckte sich eine Pfeife an. Früher hatte er dauernd Zigaretten geraucht, jetzt versuchte er, sich umzustellen.

»Du wolltest doch mal einen Roman schreiben«, fragte Boy, »ist da schon was draus geworden?«

Das hatte er mal in Weinlaune von sich gegeben. Nie im Leben würde er einen Roman schreiben. Geschichten hatte er genug erlebt in der Werbebranche und rund um den Globus. Aber sich hinsetzen und daraus einen Roman zusammenbrauen? Die Geduld würde er niemals haben. Und jetzt hatte er, provoziert durch die Frage, einen verrückten Einfall.

»Ja«, sagte er, »ich werde demnächst damit anfangen.«

»Hast du schon einen Titel?«

»Ja. – ›Die abschaltbare Frau‹.«

»Klingt interessant. Ist das wörtlich gemeint?«

»Ja, wörtlich.«

Und nun erzählte er Boy, als sei das seine Erfindung, seine Erlebnisse mit Ilonka. Ausführlich wurde er bei der Geschichte mit der Zollkontrolle, und Boy hörte aufmerksam zu. Das solle das erste Kapitel werden: »Die Leiche im Kofferraum«.

»Ich dachte, daß es dich interessieren wird. Es war ja irgendwie auch mal deine Thematik: Roboter, dichtende Computer...«

Boy lachte. »Ja, ja, ›Robbi, Tobbi und das Fliewatüt‹ und ›Abakus an Minimax‹.«

»Robbi, dein Roboter, der das von Tobbi erfundene Fliewatüt gebaut hat, ist natürlich ein anderes Wesen als meine künstliche Frau. Nach ein paar Seiten findet man überhaupt nichts mehr dabei, daß ein Roboter reden kann wie ein echter kleiner Schuljunge, und keiner fragt sich, wieso das geht. So ist es eben. Fertig. Und daß er nur alle drei Monate ein bis zwei Teelöffel allerbestes Maschinenöl zu sich nehmen muß, ist ein guter Erzähltrick. Um das Energieproblem bist du dabei geschickt herumgekommen. Das Fliewatüt braucht Himbeersaft, um fliegen, schwimmen und fahren zu können, und der Robbi gar nichts.«

»Das hast du ja gut behalten.«

»Ich habe das Buch damals dreimal gelesen, obwohl ich längst kein Kind mehr war. Daß Mensch und Roboter bei dir sofort Freunde werden, ist ganz natürlich. Haha, natürlich! Wie mein Held sich zu der künstlichen Frau verhalten wird, das weiß ich noch nicht. Ich weiß überhaupt noch nicht, wie der Roman weitergeht, nachdem sie ihm am nächsten Morgen erklärt hat, sie sei eine Androidin. Es ist noch alles offen, auch der Schluß.«

»Tja, wie geht so was weiter?« Boy dachte rauchend nach. »Der Mann wird ja nicht gerade begeistert sein. Sie wird ihm unheimlich werden. Und da könnte ich mir vorstellen, daß er irgendwann versucht, sie loszuwerden.«

»Loswerden. – Wie soll er sie loswerden?« Von der Drohung, die über ihm schwebte, hatte er nichts erzählt, um die Sache nicht zu komplizieren. Er wollte nur mal über sein Erlebnis reden mit einem anderen Menschen.

»Er könnte zum Beispiel mit ihr eine Dampferfahrt nach Helgoland machen. Großes Gedränge auf dem Schiff und beim Ausbooten auf die Insel. Da könnte er sich vielleicht verstecken, sie allein in das Ruderboot steigen lassen. Oder vielleicht hat er den Dampfer schon vor dem Auslaufen verlassen.«

»Das würde wahrscheinlich nicht viel nützen. Ich stelle mir vor, daß sie zu schlau ist. Sie käme auch allein wieder zurück.«

»Aber die Batterie«, meinte Boy, »die hält ja nun nicht allzu lange. Irgendwann wird sie umkippen, und dann weiß keiner, was mit ihr ist. Und wenn sie ärztlich untersucht wird, dann stellt man fest, daß sie eine Puppe ist, aber man weiß nicht, wem sie gehört. Dann wäre er sie los.«

»Dann wäre er sie los. Das stimmt. Aber es ist die Frage, ob er sie wirklich los sein will. Das weiß ich eben noch nicht. Ich muß mich erst richtig in den Mann hineindenken. Vielleicht muß ich auch einfach anfangen zu schreiben. Kann sein, es ergibt sich dann von selbst.«

»Es ist schon gut, wenn man vorher weiß, worauf man hinauswill, wie eine Geschichte ausgehen soll, wenn man anfängt.«

Würde er Ilonka abschieben, wenn er nicht fürchten müßte, sich dadurch in Gefahr zu bringen? Liebend gern hätte er diese ganze Angelegenheit vom Halse, aber wie er handeln würde, wenn er frei wäre, das wußte er nicht. Es war ja auch müßig, darüber nachzudenken. Es hatte ihm Spaß gemacht, von Ilonka zu reden, als sei sie eine Erfindung von ihm, aber sehr viel half das auch nicht.

Boy Lornsen ermunterte ihn. Er fand, das sei ein ergiebiger Stoff, da solle er dranbleiben. Er sei gespannt auf das Ergebnis. Dann verabschiedeten sie sich. Der Dichter ging wieder zu seinen Hexen und Pit zu Marion.

Er klingelte, und die Tür wurde aufgerissen. Marion, völlig außer sich, zitternd, hysterisch schluchzend, warf sich ihm in die Arme.

»Was ist denn los? Was ist denn bloß los? Was hast du denn?«

»Ilonka... Ilonka ist... Il... nein, nein!«

Es war nichts aus ihr herauszukriegen. Sie wurde von einem Weinkrampf geschüttelt. Sie krallte sich an ihm fest, und da er nachsehen wollte, was passiert war, mußte er sie mit sich schleifen. Ilonka lag leblos auf dem Teppich. Die Batterie! Ständig heizend hatte sie sich bedeutend rascher verausgabt. Das hatte er nicht bedacht. Also irgendwie die Situation retten.

»Sie ist ohnmächtig geworden«, sagte er, sich betroffen und zugleich gefaßt gebend.

»Sie... sie... sie.« Marion brachte nichts heraus.

»Mach dir keine Sorgen. Das kommt gelegentlich vor. Sie hat einen etwas labilen Kreislauf, und das Reizklima hier oben... Ich werde sie schon wieder hinkriegen. Ich lege sie drüben ins Bett, und dann...«

Ein erneuter hysterischer Ausbruch Marions unterbrach ihn.

»Gott, Marion! Sie ist nicht tot. Du hast dich nur furchtbar erschrocken. Ich kenne das. Wirklich, das ist kein Problem. Laß sie mich jetzt nur...«

Er hatte große Mühe, sie von sich abzuschütteln. Schließlich gelang es ihm, sie in einen Sessel zu drücken und ihre Finger von seinem Jackenärmel zu lösen. Mit grauenvoll aufgerissenen Augen starrte sie ihn an.

»Weißt du... weißt du denn überhaupt... weißt du...?«

Obwohl Marion im Augenblick die Patientin war, um die man sich vordringlich hätte kümmern müssen, hielt er es doch für besser, erst Ilonka zu versorgen. Wenn er sie einfach auf dem Boden liegen ließ, würde das Marion noch mehr beunruhigen. Also hob er sie auf, befahl Marion eindringlich, im Sessel sitzen zu bleiben und trug die Androidin in sein Schlafzimmer hinüber. Auf das Einsetzen einer frischen Batterie verzichtete er. Sie würde erst wieder ihr Kurzprogramm absolvieren müssen, um zu sich zu kommen, und dann müßte er ihr alles umständlich erklären. Er wartete drei Minuten, um glaubhaft machen zu können, daß er sich um sie gekümmert habe, dann ging er wieder zu Marion. Sie saß starr im Sessel, als sei sie selber eine Puppe.

»Es geht ihr schon wieder besser. Sie hatte einen kleinen Schwächeanfall. Sie ruht sich aus. Vielleicht hat sie das Stillsitzen zu sehr angestrengt. Wird schon wieder werden.«

Marion ließ sich nicht beruhigen. Sie hatte Schwierigkeiten, sich mitzuteilen, und erst nach und nach brachte er aus ihr heraus, was vorgefallen war. Ilonka hatte plötzlich geschwankt und sich mit der rechten Hand zwischen die Beine gefaßt. Sie hatte das zwar zu kaschieren versucht, aber Marion hatte deutlich gesehen, wo sie hinfaßte. Pit war sofort klar, was das zu bedeuten gehabt hatte: Ilonka hatte nicht geglaubt, daß die Batterie schon leer sei. Sonst hätte sie die Sitzung rechtzeitig abgebrochen, um sich drüben eine neue einzusetzen. Das machte sie ja inzwischen selbständig. Vermutlich hatte sie das Absinken der Spannung auf einen Wackelkontakt zurückgeführt und durch den Griff zwischen die Beine gehofft, den Defekt beheben zu können. Kurz danach war sie umgekippt. Marion hatte sich über sie geworfen, Wiederbelebungsversuche angestellt, vergebliche. Der plötzliche Griff zwischen die Beine hatte Marion annehmen lassen, Ilonka habe Unterleibsbeschwerden, und dann hatte sie mal nachgeschaut. Und dabei – Marion brachte das erst nach mehreren Anläufen heraus – hatte sie plötzlich eine Kabelschlaufe zwischen den Fingern gehabt. Das hatte sie zwar verwundert, aber sie hatte sich gedacht, die gehöre zu einem elektrisch betriebenen Selbstbefriedigungsgerät, einem Vibrator oder so ähnlich, der Ilonka zu tief reingerutscht sei und dann die Ohnmacht verursacht habe. Bei weiteren Forschungen war sie dann auf die Batterie gestoßen. Sie hatte sie herausgeholt und versucht, auch das Kabel, das an ihr befestigt war, herauszuziehen, und das hatte sich als unmöglich erwiesen. Das Kabel war fest mit Ilonkas Innerem verbunden. Nun hatte sie nicht mehr gewußt, was sie machen sollte. Den ganzen Kram wieder reinstecken? Mit zitternden Händen hatte sie die Kontakte von der Batterie gelöst, um sich das Ding näher ansehen zu können. Da, neben dem Sessel lag es.

»Wawas ist das, Pit, was ist das?«

»Das ist – das ist – ja, das ist eine Batterie, eine aufladbare Batterie. Und das bedeutet – ja nun reg dich nicht so furchtbar auf – das bedeutet – zwar nichts sehr Gutes, aber auch keine Katastrophe. – Es ist so: Ilonka – Ilonka leidet – seit Jahren übrigens schon – an Problemen... mit der Darmperistaltik. Die ist zu träge, schafft es nicht von allein. Sie braucht eine Unterstützung, einen kleinen Motor. Und der wird von der Batterie angetrieben. Eine scheußliche Sache, ja, und manchmal – manchmal hat sie deshalb Schwächeanfälle, aber die gehen schnell wieder weg.«

»Das glaube ich nicht. Das gibt es nicht. Davon habe ich noch nie gehört. Das denkst du dir aus. Du willst mir etwas verheimlichen. Ich ahne, es ist etwas ganz Entsetzliches, etwas... du bist ja selber nervös, das sehe ich doch.«

Jetzt weiter nach Ausflüchten suchen? Nein, er mußte sagen, wie es wirklich war. Es ließ sich nicht ändern. Es hatte eine Panne gegeben, die er nicht vorausgesehen hatte. Er mußte Marion in das Geheimnis einweihen, und wenn sie den Mund hielt, war das ja vielleicht auch nicht so schlimm. Und außerdem war er froh, endlich jemandem mitteilen zu können, direkt und ohne romanhafte Verkleidung mitteilen zu können, was ihm passiert war.

»Ilonka ist eine Androidin.«

»Was? Was?«

»Sie ist eine künstliche Frau mit künstlicher Intelligenz und wird von einer Batterie mit Energie versorgt. Das ist eine lange Geschichte, und ich werde sie dir jetzt erzählen. Aber eins ist wichtig, für dein Leben wichtig: du darfst keinem sagen, was du weißt. Die Leute, die sie konstruiert haben – ich weiß selber nicht, wer die sind –, drohen mit sofortiger Ermordung, wenn man weitererzählt, daß ein künstlicher Mensch herumläuft, den jeder für einen echten hält. Ich hoffe nicht, daß jemand unser Gespräch mithört und daß ich jetzt umgebracht werde, aber die Sache ist lebensgefährlich. Ich erzähle es dir am besten der Reihe nach. – Ich habe mir in Frankreich…«

Marion war im Sessel zusammengesackt. Ohnmächtig. Das war zu viel für sie gewesen. Ihr Puls war kaum noch zu spüren. Er wußte nicht, was man mit einer ohnmächtigen Frau anstellte. Flachlegen, oder wie? Er legte sie auf den Boden. Mund-zu-Mund-Beatmung? – Noch nie gemacht. Wie ging das? Mußte man da nicht den Brustkorb drücken, die Brüste…? Ach was. Er konnte das nicht, und wenn sie nicht in drei Minuten die Augen wieder aufschlug, mußte er den Krankenwagen holen. – Sie wachte nicht auf, schien kaum noch zu atmen. Irgendein Kollaps. Krankenwagen also.

Sie kamen bald, federten in weißen Schuhen die Treppe hinauf, legten Marion auf die Trage und schnell wieder runter ins Blaulichtauto, und rein mit ihr wie ein Brot in den Ofen: Nordseeklinik. Corduan fuhr mit.

Sie kam in die Intensivstation. Das gehörte sich heute so. Immer gleich Intensivstation. Mit Schläuchen an Apparate anschließen: Maschine zu Maschine. Mit sanfter Gewalt wurde er hinausgedrängt. Die Ingenieure wollten allein sein mit ihrer Gerätekombination. Nach einer Stunde wurde ihm mitgeteilt, daß Marion wieder bei Bewußtsein sei, aber Ruhe brauche. Sie habe einen Schock erlitten. Ob er wisse, was die Ursache sein könne. Nein, wußte er nicht. Er habe sie ohnmächtig in ihrer Wohnung gefunden. Mehr könne er nicht sagen. Sie werde auf jeden Fall über Nacht in der Klinik bleiben. Er ließ sich ein Taxi kommen und fuhr zurück.

Jetzt Ilonka ins Leben zurückrufen und ihr alles erzählen. Er ging ins Schlafzimmer, aber Ilonka lag nicht mehr auf dem Bett. Sie war in der ganzen Wohnung nicht zu finden. Auch in Marions Apartment steckte sie nicht. Alle ihre Kleider waren noch da. Sie selber fehlte.

Die verbrauchte Batterie – lag noch immer bei Marion neben dem Sessel. Und im Ladegerät steckte die andere. Ohne Stromversorgung konnte sie ja unmöglich abgehauen sein. Eiskalter Schreck: Man hatte sie geholt. In die Wohnung eingebrochen und sie geholt. Er mußte sich hinsetzen.

Das konnte nur bedeuten, daß alles mitgehört worden war. Jetzt, wo es einen zweiten gab, der Bescheid wußte, war die Geheimhaltung nicht mehr gewährleistet, und man hatte die Androidin verschwinden lassen. Sollte Marion was von einer künstlichen Frau faseln, würde jeder das mit ihrem Zusammenbruch in Verbindung bringen und für eine Wahnvorstellung halten. Und was war mit ihm? Bestrafung für den Verrat? Immerhin möglich, daß man das so streng sah und ihn umlegte. Aber wozu eigentlich? Wenn er jetzt etwas von einer Androidin erzählte, mit der er zusammengelebt habe, hielt man ihn doch lediglich für verrückt. Er konnte die Dame ja nicht mehr vorführen. Nun hatten ja etliche Leute Ilonka gesehen, aber die hielten sie alle für eine echte Frau. Wenn er denen, also zum Beispiel Dr. Wedemeyer, erzählte, sie sei eine Androidin, und man habe sie ihm geraubt, so würde der das für die phantasievolle Umschreibung der Tatsache halten, daß sie ihm durchgebrannt sei. Es bestand keine Gefahr für die Dunkelmänner. Er konnte nichts mehr verraten. Also abwarten, was sie nun machten. Vielleicht war mit Ilonkas Verschwinden ja alles vorbei und erledigt. Schade? – Er war jetzt nicht in der Lage, darüber nachzudenken.

Am späteren Nachmittag rief er in der Klinik an. Marion war auf ein normales Zimmer verlegt worden. Er konnte sogar mit ihr sprechen.

»Na, du machst mir ja Sachen! Wie geht es dir denn?«

»Besser. Ich bin noch ein bißchen schwach, aber sie werden mich wohl morgen früh wieder laufenlassen. – Sag mal, hab ich da was geträumt, oder hast du mir was erzählt? Ich glaube eher, ich habe gesponnen. Was ist mit Ilonka, wie geht es ihr?«

»Besser. Sehr viel besser. Sie läuft wieder herum und läßt dich grüßen. Dir gute Besserung wünschen. Es tut ihr leid, daß sie dich mit ihrer Ohnmacht so erschreckt hat. Jetzt denk nicht weiter dran, sondern ruh dich aus. Ich hole dich morgen in der Klinik ab.«

»Vielen Dank. Aber laß das lieber sein. Ich benutze die Gelegenheit, mich noch etwas durchchecken zu lassen. Ich weiß nicht, wie lange das dauert. Ich nehme mir ein Taxi. – Komisches Zeug, was ich da in der Ohnmacht geträumt habe. Stell dir vor, ich habe geträumt, daß du mir erzählt hast, daß Ilonka...«

»Jetzt laß das bitte! Denk nicht mehr dran! Wir unterhalten uns morgen.«

Sie verabschiedeten sich. – Ein unverhofftes Glück, daß Marion seine Erklärung für einen Traum hielt. So ließ sich alles viel leichter auflösen. Morgen, wenn sie zurückkam, war Ilonka abgereist. Plötzliche Familiensache. Sie ließ sie vielmals grüßen und bedauerte, daß das Bild nicht fertiggeworden sei. Aber nächstes Mal! –

– Ilonka. –

Er rief in Hamburg an. Cornelia. Die Filme, die er gestern noch per Expreß aufgegeben hatte, waren angekommen, bereits entwickelt und vergrößert und schon auf dem Weg zum Kunden.

»Die Negative habt ihr doch in Hamburg behalten?«

»Natürlich. – Übrigens eine tolle Frau. Große Klasse. Wo hattest du die her? Erinnert ein bißchen an die... Dings, na, deine damalige Flamme, du weißt schon.«

»Ja, stimmt. Etwas. Aber sie ist es nicht. Mach mir doch bitte von allen Bildern Vergrößerungen und schick sie mir hierher. Ich habe hier vielleicht einen Kunden. Dank dir schön und tschüß!«

Die Fotos. Das einzige, was er noch von ihr hatte.

14. KAPITEL

Die Bedrohung

Am Abend hatte er keine Lust, zum Essen rauszufahren. Da er nichts im Kühlschrank hatte, was ihn reizte, ging er die paar Schritte zu Hormann, dem kleinen Delikateßladen mit Partydienst und Stehtischchen Ecke Gurtstig/Mühlenweg. Ein paar Scampis, ein Stückchen Entenpastete. Und ein Glas Chablis bitte. Nur ein Stehtisch war noch frei. In einer Dreimännerrunde: Amédée Nastasi, der Uhrenfan mit dem Toyota Corolla. Der aß offenbar gern im Stehen. Nickte ihm zu, erkannte ihn wieder.

»Schmeckt es hier besser als im ›Hotel Stadt Hamburg‹?«

»Schwer zu vergleichen«, lachte Nastasi. »Aber ich bin umgezogen. Wollte verlängern, und es gab nichts mehr. Ich bin mit Mühe hier in Keitum untergekommen und muß mich selbst versorgen. Da ist Hormann praktisch, wenn man keinen Aufwand treiben will und trotzdem gern was Gutes hat.« Er verließ die Runde und kam mit seinem Champagnerkelch zu Corduan hinüber. »Sie sind Modefotograf«

»Wie kommen Sie denn darauf?«

»Man hat Sie gestern am Strand gesehen mit einer tollen Biene. Sie haben Fotos gemacht.«

»Sie wollen mich gesehen haben?«

»Nicht ich. Jemand anderes. Ich habe es mir erzählen lassen.«

»Da haben wir ja mächtigen Eindruck gemacht.«

»Muß wohl so sein. Und heute sind Sie ganz solo?«

»Die Dame ist wieder abgereist.«

»Schade. Ich habe hier auch mal ein Fotomodell kennengelernt, vor zwei Jahren. Die war irrsinnig geil.

Wir haben drei Nächte durchgemacht im ›La Scala‹ und anschließend in meinem Hotelzimmer. Danach war nix mehr bei mir drin. Jungejunge! Brauchte erst mal ne Kur mit sanfter Massage.«

Ekelhafter Kerl. Glaubte, ihm lauter Weibergeschichten ins Essen quatschen zu müssen. Aber das war immer noch besser, als einsam im Apartment zu hocken. So trank er mit dem Lümmel tatsächlich noch zwei Flaschen Champagner, weil er sich vor dem leeren Schlafzimmer fürchtete. Gemeinsam verließen sie die Edel-Imbißstube, und Nastasi hatte einen großen weißen BMW nahebei geparkt.

»Hatten Sie nicht neulich einen Toyota Corolla?«

»Hatte ich. War ein Leihwagen. Der hier war in Reparatur. Toyota ist sonst nicht ganz meine Marke. Was fahren Sie denn?«

Was ging den Kerl das an? Aber Pit antwortete trotzdem: »Unter anderem einen Chevrolet Monte Carlo, Baujahr 1978.« Angabe gegen Angabe.

»Wir könnten ja mal einen gemeinsamen Streifzug unternehmen. Was meinst du?«

Jetzt fing der auch noch an, ihn zu duzen.

»Ich reise morgen ab. Termine. Schade. Ein anderes Mal.«

»Viel Glück, Kollege, und so long!« Leise schwankend stieg er ein, fuhr ab, winkte aus dem Fenster und hupte dazu dreimal.

Es war Mittag geworden, aber Marion war noch immer nicht zurückgekehrt. Sehr ausgiebiges Durchchecken. Um zwei Uhr rief er doch mal in der Klinik an, ob sie noch da sei. Nein, Frau Harkelo sei bereits gegen elf Uhr mit der Taxe abgefahren. – Wo steckte sie? Er wartete zwei weitere Stunden. Sie kam nicht. Hatte sie Freunde aufgesucht? Nicht sehr wahrscheinlich. Sie wäre bestimmt sofort zurück nach Keitum gefahren, um sich nach Ilonka zu erkundigen. Völlig ausgeschlossen, daß sie nach dem gestrigen Vorfall irgend jemanden in aller Seelenruhe besuchte. – Es war etwas passiert. Je länger er wartete und grübelte, um so mehr wurde es ihm zur Gewißheit, daß die Schurken was mir ihr angestellt hatten. Entführt? – Man müßte wissen, mit welcher Taxe sie von der Klinik abgefahren war. Am Telefon gab er sich frech als Polizeikommissar aus, der einer Vermißtenmeldung nachgehe, und das erwies sich als nützlich. Der Mensch von der Taxizentrale war sofort kooperativ. Er verband ihn mit einer Dame, die alle Fahrten des Tages verzeichnet hatte. In der Zeit zwischen zehn und elf Uhr waren insgesamt fünf Taxen zur Nordseeklinik geordert worden. Alle Fahrer waren glücklicherweise noch im Einsatz. Sie nahm per Funk mit jedem einzelnen Verbindung auf und gab die Personenbeschreibung von Marion durch. Keiner der Fahrer hatte in der fraglichen Zeit eine Person bei der Nordseeklinik abgeholt, auf welche die Beschreibung auch nur entfernt paßte. Kein Weiterkommen.

Hatte Marion überhaupt Geld für die Taxe gehabt? Doch, hatte sie. Er erinnerte sich wieder, daß er gestern in ziemlich besinnungsloser Hast vor dem Eintreffen des Krankenwagens ein paar von Marions Sachen im Bad und Schlafzimmer zusammengerafft und in einen Koffer gepackt hatte. Zuletzt hatte er auch noch ihre Handtasche dazugetan. Da war natürlich auch ihr Ausweis dringewesen. Wenn er jetzt eine Vermißtenanzeige aufgeben mußte – mußte er das? –, dann konnte er kein Geburtsdatum nennen. Er wußte nicht einmal ungefähr, wie alt Marion war. Ob die auch ohne präzise Angaben tätig wurden? Immerhin kannte er ihre Berliner Adresse. Da konnten sie sich ja beim Einwohnermeldeamt erkundigen. Sollte er wirklich zur Polizei gehen? Heute nicht mehr, entschied er. Wenn sie bis morgen nicht zurück wäre, dann müßte man es ernsthaft erwägen. Wenigstens ein Foto würde man den Beamten vorlegen müssen. Sonst hatten sie ja überhaupt keinen Anhaltspunkt. Er besaß kein Foto von Marion. Allenfalls die Gipsmaske der nie Erlegten im »Jagdzimmer«. Reichlich komisch, wenn er damit ankäme. Vielleicht konnte man bei ihr etwas finden. Er ging hinüber.

Er erinnerte sich, daß sie im Bücherregal neben diversen Kunstbänden drei Fotoalben stehen hatte, die sie ihm mal gezeigt hatte: Marion als Baby, Marion als Schülerin mit blonden Zöpfen, Marion mit wechselnden Freundinnen. – Sie waren nicht mehr da. Die hatte sie wohl nach Berlin mitgenommen. Die Schubladen zu durchsuchen, konnte er sich nicht entschließen, auch wenn die Situation dies rechtfertigte. Aber dann fiel ihm ein, daß im Schlafzimmer ein lebensgroßes Selbstporträt von Marion hing, barfuß bis zum Hals – na klar. Sehr realistisch, absolut ähnlich. Das konnte man freilich schlecht von der Wand nehmen und aufs Polizeibüro schleppen, aber der Kopf ließ sich abfotografieren. Er ging ins Schlafzimmer – das Bild war nicht mehr da. Es war vielleicht schon gestern nicht mehr dagewesen. Er konnte sich nicht erinnern. Ilonka hätte es sofort gewußt. Sie bemerkte jede Veränderung. Wenn er mal was verlegt hatte, brauchte er sie nur zu fragen. Sie sah sich im Raum um, und schon hatte sie die Autoschlüssel, die Sonnenbrille, den Fön entdeckt. Er selber war zehnmal daran vorbeigelaufen. Fotografisches Gedächtnis. Er beschloß, heute endlich wieder vernünftig zu essen. Er ging in den »Salon 1900« und bestellte »Lammrückenfilet mit Kräuterkruste in seiner Sauce«. Es war noch früh, erst kurz nach sechs. Die Küche hatte gerade erst geöffnet. Es war leer in dem alten Haus aus dem achtzehnten Jahrhundert, das vergleichsweise modern, im nachempfundenen Stil von 1900 nostalgisch möbliert war. In der ersten Viertelstunde war er der einzige Gast. Dann kam ein Herr, zwischen sechzig und siebzig wohl, ein wenig untersetzt, dunkler Anzug, Weste mit goldener Uhrkette, volles, weißes, etwas zerzaustes Haar, randlose Brille. Seine Bewegungen wirkten ein klein wenig unbeholfen, aber sie waren sehr weich und behutsam. Er ließ sich an einem Tisch in Corduans Nähe nieder und studierte die Speisekarte mit Andacht. Bei der Kellnerin bestellte er dann mit leiser, weicher Stimme »Entenbrust auf Honigjus von der Barberie-Ente mit Mandel-Brokkoli und Kroketten«. Pit hatte es erst nur halb verstanden und las es auf der Karte nach. Er interessierte sich immer für das, was andere bestellten, um sich dann zu wurmen, daß er das nicht auch genommen hatte. Sie saßen und schwiegen. Der weißhaarige Sanfte blickte schräg zur Decke und schloß dann für längere Zeit die Augen. Ein mildes Lächeln hatte er dabei auf den Lippen. Ob er an eine schöne nackte Frau dachte, die er am Strand gesehen hatte, falls er überhaupt an den Strand ging, unferienhaft-städtisch wie er gekleidet war?

Ihre Speisen kamen fast gleichzeitig, und beide beugten sich über ihre Teller. Der alte Herr aß wie träumend und halb verklärt, kaute langsam und mit Bedacht und lächelte immer wieder leise vor sich hin. Als sie beide ihre Mahlzeit beendet hatten, schaute er zu Corduan hinüber, lächelte, nickte und erhob sich. Er kam an Pits Tisch und ließ sich dort ohne Umstände nieder.

»Guten Abend, Herr Corduan. – Sie wundern sich, daß ich Sie kenne. Es würde zu weit führen, Ihnen das jetzt zu erklären. Aber ich habe Ihnen etwas zu sagen, und hier ist nicht der richtige Ort. Es wird jetzt unangenehm voll, und ich schlage vor, wir gehen in Ihr Apartment, wo Sie wahrscheinlich noch eine Flasche Louis Roederer im Kühlschrank haben. Ihr Abendessen geht auf meine Rechnung. Ich habe bereits Order gegeben und regle das später. Wir wollen keine Zeit verlieren.«

Er hatte sanft, leise und lächelnd gesprochen und bei Erwähnung des Champagners die Augen geschlossen.

Pit war so perplex, daß er mit offenem Mund ein dummes Gesicht machte.

»Ja aber, ich... ich kenne Sie überhaupt nicht.«

»Heiler«, sagte er. »Mein Name ist Heiler. Nein, Sie kennen mich nicht. Das stimmt. Ich bin ein Verwandter Ihrer Freundin Ilonka. Sie sehen, es verbindet uns etwas.«

Ohne ein Wort zu sagen, mit starkem Herzklopfen, erhob sich Pit und folgte wie bewußtlos dem Mann, der sich an der Tür noch einmal umdrehte und der Bedienung freundlich zuwinkte.

Auf dem Weg zum Hause sagte der Fremde so gut wie nichts. Er machte nur einmal eine Bemerkung über die wundervolle Abendluft. Pit hatte es mit der Angst bekommen. War dies einer von den Dunkelmännern, die ihn vermutlich beschattet hatten? Anders war es nicht zu erklären. Was wollte er von ihm? Ihn in seiner Wohnung mit schallgedämpfter Pistole erschießen? Möglich. Sollte er einfach mitgehen wie ein Opfertier? Als sie vom Gurtstig in den Mühlenweg einbogen, wurden seine Schritte zögerlicher. Und da legte der Sanfte ihm den Arm um die Schulter und sagte:

»Mein lieber Herr Corduan, machen Sie sich bloß keine Sorgen.«

Der Herr Heiler setzte sich mit Gemächlichkeit in einen Sessel und schaute Pit zu, der Gläser und Champagner holte, entkorkte und einschäumte.

»Auf Ihr Wohl, Herr Corduan. Sie haben sich gut geschlagen.«

Er schaute mit schräggeneigtem Kopf zur Decke und schloß die Augen. Dann schwieg er lange und lächelnd.

»Was meinten Sie damit: ein Verwandter von Ilonka?« brach Corduan das Schweigen.

»Ja«, lächelte Heiler, »das war mehr metaphorisch gemeint. Ich gehöre mit zu den Leuten, die Ilonka entwickelt haben. Ilonka – ich könnte natürlich auch sagen:

ihren Neuralnetz-Computer. Aber ›Ilonka‹ klingt… romantischer. Kann man das sagen? Nein, das kann man eigentlich nicht sagen. Romantisch war sie nicht. Oder finden Sie? Eine richtig romantische Androidin ist mein Traum. Vielleicht werde ich ihn mir noch erfüllen können. – Was wollte ich sagen…?« Er schloß die Augen, strich sanft über die Sessellehne und schwieg schon wieder. »Ich wollte sagen, daß Sie Ilonka – hübscher Name, den Sie ihr da gegeben haben –, daß Sie Ilonka wirklich gut instruiert haben. Ja.«

»Ich hoffe, Sie werden mir nun etwas mehr über dieses eigenartige Projekt sagen, in das ich hineingeschlittert bin, und wer dahinter steckt.«

»Sie sind doch informiert, lieber Herr Corduan. Ilonka hat Ihnen alles Wissenswerte gesagt. Mehr… nein, mehr kann ich Ihnen leider auch nicht erzählen. Es bestünde ja sonst die Gefahr, daß man uns ausfindig macht. Und das wollen wir doch nicht. Nicht wahr?« Er trank den Champagner in kleinen Schlucken und schaute verklärt lächelnd zur Decke. »Dürfte ich wohl rauchen bei Ihnen?«

»Bitte. Ich kann Ihnen leider nichts anbieten. Ich habe es mir abgewöhnt.«

»Wenn es das Zigarettenrauchen ist, das Sie sich abgewöhnt haben, taten Sie gut daran. Ich rauche Zigarren. Das werde ich mir wohl nie abgewöhnen.« Er zog aus der Jackentasche ein langes silbernes Etui, dem er eine ebenso lange, dicke Zigarre entnahm. »Sehen Sie, das ist eine Honduras. Ich habe früher nur Havannas geraucht, die ohne Zweifel die besten sind. Aber ich will diesen elenden Castro nicht mehr unterstützen. Honduras, Dominikanische Republik, das sind bettelarme Staaten, denen gönne ich es und rauche ihre Zigarren. Außerdem sind sie für erstklassige Arbeit bedeutend preiswerter. Diese Zigarre kostet mich sechs Mark. Da kann man nichts sagen. Eine vernünftige Havanna ist unter zwanzig nicht zu bekommen.«

Er zündete sie an, nachdem er sie beschnitten, zärtlich das makellose Deckblatt gestreichelt und die Zigarre in ganzer Länge unter seiner Nase vorbeigezogen hatte. Er machte ein paar Züge und war ganz in sich gekehrt.

»Dann haben Sie Ilonka wohl gestern abgeholt.«

»Ganz recht. Ich nicht, aber zwei von unseren Leuten. Es war eine günstige Gelegenheit. Wir hätten sie ohnehin abholen müssen, aber so ging es am unauffälligsten.«

»Dann konnte ich ihr also nichts mehr beibringen.«

»O nein, o nein! Das sehen Sie falsch, lieber Herr Corduan. Wir hätten sie gerne noch eine Weile bei Ihnen gelassen, aber wie die Dinge nun einmal stehen, war das nicht mehr möglich. – Eine herrliche Zigarre. Sie sollten sich das ruhig angewöhnen. Ich habe noch eine zweite. Möchten Sie nicht?«

»Nein danke. Dazu fehlt mir jetzt wohl doch die Ruhe. Was meinen Sie damit: ›wie die Dinge nun einmal stehen‹?«

»Nun, es sind Umstände eingetreten, die es geraten sein ließen, Ilonka in Sicherheit zu bringen.«

»Und was ist mit Marion?«

»Marion? Wer ist das? Ach so, Ihre Nachbarin. Nein, sie hat nichts damit zu tun. Weshalb meinen Sie?«

»Ich glaube... es könnte sein, daß sie dahintergekommen ist... beziehungsweise den Verdacht haben könnte, daß Ilonka...«

»Haben Sie es ihr gesagt?«

»Nein. – Sie wurde ohnmächtig, mußte ins Krankenhaus, und nun glaubt sie, daß sie das alles... daß sie das nur geträumt hat.«

»Davon weiß ich nichts.«

»Marion ist verschwunden. Sie hat heute morgen angeblich ein Taxi genommen, aber sie ist hier nicht angekommen.«

»Ach.«

»Ich mache mir Sorgen um sie. Ist sie womöglich von Ihnen... von Ihren Leuten entführt worden?«

»Aber wieso denn? Davon weiß ich nicht das geringste. Nein, das scheidet völlig aus. Wo denken Sie hin!« Er rauchte selig und trank Champagner.

»Darf ich Sie vielleicht fragen, weshalb Sie hier sind?«

»Natürlich dürfen Sie das. Aber ja, lieber Corduan! Ich bin noch nicht dazu gekommen, es Ihnen zu sagen. Ich bin hier, um mit Ihnen abzurechnen.« Er griff in seine linke Brusttasche.

Pit richtete sich starr auf.

Behutsam holte Herr Heiler zwei Bündel Geldscheine heraus.

»Ihre Puppe ist Ihnen abhanden gekommen, für die Sie viel Geld bezahlt haben. Irgendwann hätte Ilonka Sie verlassen müssen. Das hat sie Ihnen auch gesagt. Aber wir dachten nicht, daß es so früh sein müßte. Sie hätte noch viel von Ihnen haben können. So müssen wir also früher als geplant Ihnen die Kaufsumme zurückzahlen. Hier sind vierzigtausend Mark. Das entspricht ungefähr dem Preis, den Sie für eine Sexpuppe bezahlt haben. Es ist etwas mehr, aber Sie hatten ja auch Auslagen, die eine leblose Figur nicht verursacht hätte. Zählen Sie bitte nach. Es sind zweimal zwanzig Tausender.«

Mechanisch zählte Pit das Geld.

Der sanfte Heiler lächelte milde und schenkte sich ein weiteres Glas Champagner ein. »Und nun muß ich Sie noch warnen.«

»Wovor?«

»Haben Sie hier auf der Insel schon einmal eine Gruppe von vier Japanern bemerkt?«

»Ja. Mehrmals. Einmal im Spielcasino und einmal am Strande.«

»Diese Herrschaften lauern Ihnen auf. Genaugenommen lauern sie natürlich Ilonka auf, aber das läuft auf dasselbe hinaus. Es war uns unbegreiflich, wie man in Japan hat erfahren können, daß wir mit Androiden experimentieren, von denen einer – oder eine – bereits frei herumläuft. Wir haben inzwischen festgestellt, daß es eine undichte Stelle gab, und sie geschlossen. Aber die Information ist nun einmal rausgekommen – leider – eine sehr detaillierte Information. Man weiß, daß Sie hier auf Sylt eine Androidin haben, aber nicht, daß Sie sie nicht mehr haben. Diese vier Japaner, die den Auftrag haben, die Androidin an sich zu bringen, sind der Grund dafür, daß wir Ihnen Ihre reizende Bettgenossin weggenommen haben. Das Risiko wurde einfach zu groß. Wir haben überlegt, ob wir die vier Herren einfach abknallen sollten, aber das hätte nicht viel gebracht. Es hätte nur unnötiges Aufsehen erregt, und sofort wären neue erschienen. Es gibt ja genug davon. Wir haben die elegantere Lösung gewählt, die nur einen Nachteil hat: Die Japaner wissen nicht, wo Ilonka geblieben ist. Sie werden annehmen, Sie hätten sie versteckt, oder wüßten zumindest, wo sie abgeblieben ist. Sie ahnen nicht, daß Sie ein ganz harmloser, unwissender Mensch sind und mit dem Androiden-Experiment nur zufällig in Berührung gekommen sind, weil Sie uns geeignet erschienen, ein bißchen den Pygmalion zu spielen, wenn Sie wissen, was ich damit meine. Ja? – Ich habe eine Schwäche für Literatur, für klassische besonders, und finde es ungeheuer reizvoll, wenn Dichtung und Wirklichkeit, Mythos und Wirklichkeit sich berühren. Kennen Sie Ovids Metamorphosen?«

»Ich habe davon gehört. Ist das wichtig im Zusammenhang mit den Japanern?«

»Ganz und gar nicht. Ich wollte Sie nur auf das Pygmalion-Motiv verweisen. Sie finden die hübsche Geschichte im zehnten Buch der Metamorphosen, Vers 243 bis 298. – Sie schauen so herrlich fassungslos. Der Anfang lautet übersetzt – aus dem Lateinischen übersetzt – ungefähr so: ›Weil Pygmalion sah, wie die Frauen ihr Leben verbrecherisch zubrachten, blieb er einsam und ehelos, abgestoßen von den Fehlern, mit denen die Natur das Frauenherz so freigiebig beschenkt hat, und schon lange teilte kein Weib mehr sein Lager. Inzwischen bearbeitete er mit glücklicher Hand und wundersamer Geschicklichkeit schneeweißes Elfenbein, gab ihm eine Gestalt, wie keine Frau auf Erden sie haben kann, und verliebte sich in sein eigenes Geschöpf.‹ Um es kurz zu machen: die Göttin Venus tut ihm etwas Gutes und belebt die starre Figur, und Pygmalion erfreut sich der ersten Androidin. Eine antike Sehnsucht, und heute ist sie erfüllbar. – Aber zurück zu den Japanern! – Sie werden vermutlich versuchen, Sie einzufangen, um aus Ihnen herauszupressen, was Sie ihnen nicht sagen können. Und deshalb möchte ich Sie eindringlich warnen.«

»Was soll ich denn tun? Abreisen?«

»Das hätte wenig Sinn. Vermutlich würden sie Ihnen folgen. Sie werden die Kerle wohl so lange am Halse haben, bis sie merken, daß Sie wirklich nichts wissen.«

»Das sind ja ermunternde Aussichten. Und können Sie ihnen denn keinen Wink geben?«

»Wir werden uns hüten, in Erscheinung zu treten. Sie werden damit schon fertig werden.«

Pit starrte vor sich hin. »Sagen Sie mal, kennen Sie einen Herrn Nastasi, Amédée Nastasi?«

»Nein. Wer soll das sein?«

»Ein Mensch, dem ich schon zweimal auf der Insel begegnet bin. Er sagte mir gestern, ich hätte Modefotos gemacht. Man habe ihm das erzählt. Die Japaner sind am Strand vorbeigekommen, als wir bei der Arbeit waren. Ich frage mich, ob er was mit denen zu tun hat.«

»Das kann ich Ihnen leider nicht sagen. Das weiß ich nicht. Aber Sie tun gut daran, die Augen offen zu halten.«

»Halten Sie es für möglich, daß Marion von den Japanern entführt worden ist?«

»Wer weiß? Vielleicht wollen sie sie als Geisel benutzen, um Sie gefügig zu machen. Aber das ist nur eine

Hypothese. Ich weiß wirklich nichts. – Und nun gute Nacht, lieber Herr Corduan. Sie werden mich nicht wiedersehen. Ich hoffe, es ist alles zwischen uns geregelt. Und danken möchte ich Ihnen ganz herzlich für die Mühe, die Sie sich mit Ilonka gemacht haben. Sie war gewiß nicht immer ganz einfach, die Süße.«

15. KAPITEL

In der Falle

In der nächsten Nacht schlief Pit Corduan ausgesprochen schlecht. Immer wieder schreckte er hoch und glaubte, Geräusche im Haus zu hören. Einmal war es ihm, als kämen sie von nebenan und Marion sei zurückgekehrt. Er stand auf und sah drüben nach, aber es war niemand da. Dann rumorte es unter ihm im Apartment, das er vermietete. Das durfte eigentlich nicht sein, denn die Wohnung stand für zwei Tage leer, bis die neuen Gäste eintrafen. Das hatte er zufällig von Meike erfahren, die sein Eigentum verwaltete. Er selber kümmerte sich nie um die Gäste, wenn er selber im Haus war. Das konnte einem nur Scherereien einbringen. Die Leute würden ankommen und sich über alles mögliche beschweren, wie sie das gerne taten: tropfende Wasserhähne, bellende Köter von anderen Gästen, ein viel zu hoher Mietpreis. Nein, damit hatte er nichts zu tun. Die Verwalterin war zuständig. Er kämpfte mit sich, ob er runtergehen und nachsehen sollte, aber dann war es wieder ruhig. Überreizte Nerven. Was sollte man machen gegen diese Japaner? Man konnte nur auf ihren Angriff warten. Oder sollte er, wenn er sie noch einmal traf, auf sie zugehen und ihnen erklären: »Meine Herren, sie möchten gern meine Androidin haben, aber da kommen Sie zu spät. Die hat mir schon jemand anderes weggenommen. Futschikato. Ich weiß selber nicht, wo sie ist.« Was die dann wohl sagen würden? Oder zur Polizei gehen, die Vermißtenanzeige für Marion aufgeben und gleichzeitig den Verdacht auf die Japaner lenken? Wie heißen die, wo wohnen die? Keine Ahnung. Es sind vier Japaner, die müssen sich doch finden lassen auf der

Insel. Anhaltspunkte für den Verdacht der Entführung? Ein Hinweis, den man von einem gewissen Herrn Heiler bekommen hat. Und wo wohnt der? – ??? – Tja, das ist ein bißchen mickrig. Da kann man schlecht was unternehmen. Vielleicht hat der Herr Corduan etwas zu lange in der Sonne gelegen.

Es war jetzt halb fünf. Wie wäre es, wenn er den ersten Autozug zum Festland – fünf Uhr siebenundfünfzig – nähme? Ob die ihm rund um die Uhr auflauerten und folgen würden? Wenn es ihm gelänge, unbemerkt bis Niebüll zu kommen, hätte er sie abgehängt. Er dürfte dann nur nicht nach Hamburg fahren, sondern müßte ein Ziel ansteuern, das er bis jetzt selber noch nicht kannte. Sagen wir mal... sagen wir mal: Brunsbüttel. Da war er noch nie gewesen. Da würde er freiwillig auch nie hinfahren. Ein paar Tage Brunsbüttel. Und dann? In Hamburg anrufen und nachfragen, ob vier Japaner gesichtet worden seien? – Wie lange würde er wohl untertauchen müssen, um einigermaßen sicher sein zu können, daß sie es aufgegeben hatten, ihn zu verfolgen? Dabei war ja überhaupt noch nicht sicher, daß sie ihn verfolgten. Es konnte auch eine Perfidie des sanften Herrn Heiler gewesen sein. Hatte ihm einen Floh ins Ohr gesetzt. Damit kann man jemanden ja fertigmachen. – Warum hätte er das tun sollen? Weiß der Teufel. Der Bursche war bestimmt nicht so friedfertig, wie er sich gab. Was hatte er gesagt? Sie hätten erwogen gehabt, die Japaner »abzuknallen«. Das Wort hatte sich in seinem Munde höchst befremdlich ausgenommen. Paßte überhaupt nicht zu seiner ganzen Erscheinung.

Die Idee eines überraschenden Aufbruchs hatte sich in seinem Kopf festgesetzt. Zwei Tage Brunsbüttel, das würde schon was nützen. Dann nach Sylt zurück und sehen, ob sie noch da waren. Hier herumsitzen brachte ja außer Nervenverschleiß doch nichts. Er packte ein paar Sachen ein und verließ das Haus.

Die Sonne war schon aufgegangen, aber Kampen schlief noch, würde noch Stunden schlafen. Herrliche Leere überall. Schöne Vorstellung: Alle Menschen sind über Nacht gestorben, die Insel bis auf ihn entvölkert. Im Nadelöhr bei der Einfahrt nach Westerland war der Traum abrupt zu Ende. Da stauten sie sich schon wieder. Mein Gott, wer war das denn, und wo wollten die hin? Bepackte Autos, Rückreisende! O Schande! Es war ja Samstag! Das Gesindel hatte gesattelt, um neuem zu weichen. Gästewechsel. Sie stauten sich bis zum Platz vor der Autoabfertigung, und als er fluchend endlich da angekommen war, sah er, daß da auch schon alles voll war und die Flut auf einen Nebenplatz abgeleitet wurde, wo man zu warten hatte, bis man auf den nächsten Zug durfte oder den übernächsten. Wenn er ein Maschinengewehr besessen hätte... »Der Westerländer Blutsamstag«, ein trauriges Datum in der Chronik der Insel.

Auf keinen Fall wollte er hier warten. Dann lieber zurück nach Keitum und nicht nach Brunsbüttel. Was müßte geschehen, damit das Pack mit den Sylt-Aufklebern, die Aldi-Proleten, Wohnwagen- und Zelt-Vandalen nicht mehr hierher kämen? Vielleicht eine Serie von mysteriösen Mordfällen? Wenn man sich seines erbärmlichen Lebens, an dem man so hing, nicht mehr sicher war, dann...

Er parkte sein Auto wieder neben dem Haus und stieg zu seinem Apartment hinauf. Als er die Wohnungstür geöffnet hatte und in den Flur trat, wurde er sofort von zweien gepackt und überwältigt. Die Japaner. Da waren sie. Ein dritter hielt ihm einen Revolver an die Schläfe. Der vierte war nicht zu sehen.

»Mitkommen. Kein Ton. Sonst schießen.« Der Revolver-Japaner hatte ein brutales Mondgesicht. Jetzt kicherten sie mal nicht, sondern benahmen sich wie in einem Action-Film. Das Mondgesicht zog ein Funksprechgerät aus der dunkelblauen Jackentasche und japanerte etwas hinein. Dann zogen sie ihn ins Treppenhaus und führten ihn hinunter. Das Mondgesicht verschloß die Tür und steckte den Schlüssel ein. Als sie vor die Haustür traten, fuhr ein weißer BMW vor, und sie stießen ihn hinein. Am Steuer saß der vierte Japaner. Die Überwältiger saßen links und rechts neben ihm auf dem Rücksitz, das Mondgesicht fuhr nicht mit. Es ging auf die Straße nach Archsum/Morsum. Am Bahnübergang mußten sie auf den Autozug warten, mit dem er hatte fahren wollen. Ein roter Toyota Corolla holte auf und hielt hinter ihnen, wie er bei einem Blick über die Schulter sehen konnte. Beim Restaurant »Archsumer Pesel« bogen sie nach rechts ein, fuhren zwischen Wohnhäusern hindurch auf einen Feldweg hinaus. Hier hatte er damals Ilonka das Autofahren beigebracht. Hinter der Kreuzung zweier Feldwege tauchte zur Linken hinter Büschen ein niedriges, gänzlich alleinstehendes Haus auf. Sie bogen in die grasbewachsene Einfahrt ein und hielten. Sie ließen ihn aussteigen und brachten ihn über ein paar Treppenstufen hinab zur Tür des etwa einen Meter in den Boden versenkten eigenartigen Hauses. Auch der rote Toyota war eingetroffen, und ihm entstieg das Mondgesicht. Dann gingen sie alle ins Haus hinein. Ein niedriger Raum mit Eßplatz und Kücheneinrichtung, an den sich zwei nebeneinander liegende Schlafzimmerchen anschlossen. Rechts neben dem Eingang war ein Bad. Eine kleine Ferienwohnung, die sich hier jemand aus einem ehemaligen Unterstand oder Bunkerchen gebaut hatte, um sie an Sommergäste zu vermieten. Ringsumher Felder und Wiesen mit glücklichen Kühen. Ruhige Abgeschiedenheit. Hier kam sicher selten jemand vorbei. Vielleicht mal der Traktor eines Bauern oder radfahrendes Ferienvolk. Büsche vor den Fenstern. Hier konnte man kaum reingucken.

Der Japaner, der den BMW gefahren hatte, befahl ihm, am Tisch Platz zu nehmen. Er war ein schmächtiger Kerl mit hagerem Gesicht.

»Sie werden hier bald wieder rauskommen«, sagte er zu Corduan in akzentfreiem Deutsch, »wenn Sie uns sagen, wo die Androidin ist.«

»Keine Ahnung. Sie ist mir gestohlen worden.«

»Sie scheinen sich überhaupt nicht zu wundern, daß wir nach ihr fragen.«

»Nein. Sie sind mir schon avisiert worden. Aber Sie hätten mich nicht gekriegt, wenn es beim Autozug nicht so voll gewesen wäre.«

»Wer hat Sie über uns informiert?«

Wahrscheinlich war es ein Fehler gewesen, daß er sich so überlegen gegeben hatte.

»Ein Mann namens Heiler. Kennen Sie ihn?«

»Aber Sie kennen ihn. Wo ist er?«

»Ich hatte ihn nie vorher gesehen. Er sprach mich gestern in einem Restaurant an und erzählte mir von Ihnen.«

»Was erzählte er?«

»Daß Sie scharf auf die Androidin seien, die er und seine Leute mir weggenommen hätten.«

Nun palaverte er eine Weile auf Japanisch mit seinen Kumpeln. Dann wandte er sich wieder zu Corduan: »Sie wollen also die Insel verlassen, weil Sie gewarnt worden sind?«

»Ja. – Aber so dringend ist es mir nicht gewesen. Ich bin zurückgekommen, wie Sie sehen. Sie wollten mich wohl im Schlaf in meiner Wohnung überraschen. Ich bin zurückgekommen, weil es sinnlos war, davonzulaufen. Ich kann Ihnen nichts sagen. Ich weiß nichts. Sie werden nichts aus mir herausbekommen können.«

»Sie wollten uns also nichts sagen?«

»Ich will es schon, aber ich kann es nicht.«

»Das glauben wir Ihnen nicht. Sie werden schon noch reden.«

Dann wiesen sie ihn in das rechte der beiden Schlafzimmer. Zwei Betten, ein Stuhl und ein Kleiderschrank befanden sich dort. Und dann gab es noch ein unvergittertes Fenster. Sie schlossen hinter ihm die Tür und palaverten. Als er ans Fenster ging, um hinauszuschauen, bemerkte er einen Japaner, der draußen auf einem Stühlchen in der Sonne saß und Wache hielt. Ob die ihn durch Warten mürbe machen wollten? Oder ob sie jetzt den Wohn- und Eßraum zu einer Folterkammer umfunktionierten?

Zu seiner Verwunderung stellte er fest, daß er gar keine Angst hatte. Er hatte das Gefühl, neben sich zu stehen und diese absurde Situation mit neugierigem Amüsement zu betrachten. Er war gespannt darauf, wie es weitergehen würde, aber weit davon entfernt, sich Sorgen zu machen. – Stunden vergingen. Einer der Japaner fuhr mit einem Wagen ab und kam nach einiger Zeit zurück. Er hatte Essen geholt, dabei vielleicht auch telefoniert. Im Haus schien es keinen Anschluß zu geben. Er bekam einen Teller Gulasch mit Nudeln und eine Flasche Bier. Flensburger Pils mit nostalgischem Porzellanverschluß. Keine weiteren Fragen an ihn. Er hatte den Eindruck, als ob die Japaner auf etwas warteten, auf einen Befehl von außerhalb vielleicht.

Er versuchte natürlich während der Zeit, die er untätig auf dem Bett herumlag, sich einen Vers auf das Ganze zu machen. Die Japaner hatten ohne Zweifel mit Amédée Nastasi zu tun. Ihre beiden Autos hatte auch er gefahren. Dummerweise hatte sich Pit nicht die Nummern angesehen. Aber es bestand kein Zweifel für ihn, daß es dieselben Fahrzeuge waren. Warum aber Herr Heiler von diesem Mann überhaupt nichts wußte, blieb ihm schleierhaft. Der schien doch vollkommen informiert zu sein, oder vielleicht doch nicht ganz? Nastasi war auf jeden Fall der Kundschafter der Japaner und hatte sich wohl immer irgendwie in Pits Nähe herumgetrieben. Beim ersten Mal war er ihm gefolgt und hatte ihn angesprochen, das zweite Treffen bei Hormann war sicher Zufall gewesen. Aber da hatte er verraten, daß er von den Modefotos wußte, und das konnten ihm nur die Japaner gesagt haben. Oder er hatte in irgendeiner Dünenmulde gelegen und gelauert. Jetzt wartete Pit darauf, daß er hier erscheinen würde. War er vielleicht sogar der Chef der Gruppe, und die Burschen mußten auf ihn warten? – Er kam nicht. Es wurde Abend. Der Posten vor dem Fenster wurde mehrmals abgelöst. Kein weiteres Verhör fand statt. Er bekam ein Lachs- und ein Aalbrötchen und eine zweite Flasche Bier. Auf seine Frage, was denn nun mit ihm geschehen solle, erhielt er keine Antwort.

Schlafenszeit. Das Mondgesicht erklärte ihm, daß einer von ihnen im zweiten Bett bei ihm liegen und wachen werde. Einen Fluchtversuch zu unternehmen, sei zwecklos, denn dann müßten sie ihn leider umlegen. – Bis zwei Uhr bewachte ihn der Fahrer des BMW. Er lag im Bett – auf einen Arm gestützt – und hielt Pit ständig im Blick. Da war kaum an Schlaf zu denken. Der Kerl machte ihn verrückt. Wann immer er die Augen öffnete und nach ihm sah, glotzte der ihn an. Dann kam das Mondgesicht, das wohl bis dahin gepennt hatte. Er schien sehr müde zu sein, und deshalb legte er sich wohl auch nicht auf das Bett, sondern setzte sich darauf. Wenn er lag, würde er vermutlich gleich weiterratzen. So saß er da im fahlen Dämmerlicht und ließ einen Autoschlüssel am Anhänger um den rechten Zeigefinger rotieren. Das Metall blitzte im schwachen Licht, das durch das Fenster fiel.

Pit schlief ein. Als er einige Zeit später wach wurde, zeigte seine Armbanduhr drei. Er schaute zum Mondgesicht hinüber. Wo war der denn? Hatte sich doch hingelegt und schien zu schlafen. Er hörte gleichmäßige Atemzüge. – Pit hatte das unaufschiebbare Bedürfnis, zu pinkeln. Sollte er aufstehen und sich leise ins Bad schleichen? Wenn einer von den Japsen dabei aufwachte, gab es zuviel unnötige Dramatik. Da fiel ihm die Bierflasche ein, die leer unter seinem Bett stand. Ein idealer Nachttopf. Leise tätigte er die Abfüllung und verschloß die Flasche. Das Mondgesicht war nicht wach geworden.

Das Folgende ging sehr rasch, und es war ihm, als habe ein anderer in ihm die Initiative ergriffen. Er stand leise auf, näherte sich dem Mondgesicht und schlug ihm mit aller Kraft zweimal die volle Bierflasche über den Schädel. Dann zog er ihm den Autoschlüssel aus der Tasche und öffnete leise das Fenster, um hinauszusteigen. Draußen angekommen, schaute er noch einmal durchs Fenster zurück. Alles in Ordnung. Er schlich um das Häuschen herum zur Einfahrt, wo die Wagen standen. Auf welchen paßte der Autoschlüssel? Wenn es der BMW war, hatte er Pech gehabt, denn den blockierte der Toyota. – Er gehörte zum Toyota. Er stieg ein und vermied es, die Tür ins Schloß fallen zu lassen, warf den Motor an und gab Gas. Als er an der Feldwegkreuzung rechts einbog, sah er, daß im Häuschen Licht gemacht worden war.

Er beschleunigte und schaute nicht mehr zurück. Wohin fahren? Nach Westerland. Dort den Wagen abstellen und sich irgendwo verstecken. – Auf der Straße nach Keitum, kurz hinter dem Bahnübergang, sah er im Rückspiegel die Scheinwerfer eines Wagens, der sich mit großer Geschwindigkeit näherte. Das waren sie. Er drückte das Pedal durch und jagte ins nächtliche Keitum hinein, schleuderte durch die Kurven und war so schnell wie nie wieder draußen. Vor ihm lag die lange und sehr breite Keitumer Landstraße. Da hatte der BMW jede Chance, ihn zu überholen. Also bog er nach rechts in die Munkmarscher Chaussee. Sie folgten ihm noch immer. Auf eine längere Strecke gab es keine Möglichkeit, sie abzuhängen. Aber indem er zwischen dem linken und rechten Straßenrand pendelte, konnte er ihnen wenigstens verwehren, ihn zu überholen. Er wußte zwar nicht, ob sie das tun wollten. Er pendelte prophylaktisch. Die Neunzig-Grad-Kurven bei Wenningstedt, durch Kampen hindurch, die Straße nach List. Gelegentlich gewann er Vorsprung, aber auf gerader Strecke holten sie sofort wieder auf. Einen Moment lang überlegte er, ob er hinter der Vogelkoje in die Privatstraße nach Klappholttal einbiegen und sofort die Scheinwerfer abstellen sollte. Aber sie waren ihm zu nah, hätten das Abbiegen bemerkt. Also weiter, nach List.

Plötzlich steckte er in dichtem Nebel, der vom rechts liegenden Wattenmeer über die Straße geweht wurde. Das war nicht schlecht, aber er mußte dafür mit der Geschwindigkeit heruntergehen. Immerhin kannte er die Strecke besser als die Japaner. Vielleicht gewann er etwas Vorsprung. Nach zweihundert Metern war es wieder vorbei mit dem Nebel. – Und was sollte in List geschehen? Da ging es ja nicht mehr weiter. Wieder umkehren? Nein, in List mußte er sie loswerden. Die Straßenführung gestattete es, im Kreise zu fahren, mit überraschendem Abbiegen nach links oder rechts in kleinere Sträßchen. Er tat es: Dünenstraße, Landwehrdeich-Aue, Alte Dorfstraße, Listlandstraße, Dünenstraße... Sie verloren ihn nicht. Als er zum zweiten Mal über die Alte Dorfstraße in Richtung auf den Hafen fuhr, sah er, daß dort alles im Nebel lag. Und plötzlich wußte er, was er machen würde. Bei den Parkplätzen war er bereits im Nebel verschwunden, und dann schwenkte er – sie waren noch immer knapp hinter ihm – in die Zufahrt zur Landerampe der Autofähre nach Rœmœ ein. Er beschleunigte bis zum Äußersten und brauste ins Nichts hinein. Im Augenblick, als er über die Landerampe hinausschoß, öffnete er die Tür und ließ sich hinausfallen. Er landete neben dem Auto im Wasser, und eine Sekunde später krachte der BMW auf den Toyota, überschlug sich und schwamm einen Augenblick lang auf dem Dach. Dann versank er rasch und gluckernd.

So schnell er konnte, schwamm Pit ans Ufer. Als er zurückschaute, waren beide Autos nicht mehr zu sehen.

Einige Augenblicke erholte er sich. Es war vollkommen ruhig im Hafen. Aber es konnte sein, daß jemand die Geräusche gehört hatte und mal gucken kam. Es war besser, sich davonzumachen. So wanderte er klatschnaß zurück, den langen Weg nach Keitum, Stunden. Als er ankam, war er trocken und gespannt darauf, ob es eine Lungenentzündung setzen würde. Im Garten hinterm Haus hatte er ein Notversteck für seinen Schlüssel. Er stieg zur Wohnung hinauf und ließ sich aufs Bett fallen. Ein Gefühl von tiefer Befriedigung kam über ihn. Er machte sich keine Gedanken mehr über etwa nachrükkende japanische Rächer, sondern fiel in einen bleiernen Schlaf.

Erst gegen Mittag wachte er auf. Er ging ins Bad, duschte und rasierte sich. Er machte sich eine Tasse Kaffee und überlegte, ob man wohl die Autos schon gefunden hatte. Es war ja keineswegs sicher, daß die Japaner alle abgesoffen waren, ob sich nicht doch einer – oder alle – hatten retten können. Vielleicht hatten sie sich neue blaue Anzüge gekauft und standen gleich vor seiner Tür, um ihn wieder abzuholen.

Voller Neugier fuhr er zurück nach List. Auf dem letzten Stück vor dem Hafen stauten sich die Autos. Er fuhr an den Rand, stieg aus und ging zu Fuß. Großer Aufstand am Hafen: Feuerwehr, Polizei, Schaulustige enggedrängt. Man hatte die beiden Autos herausgezogen. Von Leichen oder Überlebenden war nichts zu sehen.

»Sind da welche ertrunken?« fragte er einen geblümten Mann, der sich durch Bescheidwisserei hervorzutun bestrebte.

»Vier Mann. Chinesen. Vier Chinesen. Tot wie die Ratten.«

»In beiden Wagen?«

»Nein. Die waren im BMW. Im Toyota war keiner. Der ist wohl abgetrieben worden. Wird irgendwann angespült. Das ist im Nebel passiert. Gestern war hier dicker Nebel. Ich war in der Nacht auf'm Klo, und da habe ich mal rausgeschaut. Nebel. Ich hab zu meiner Frau noch gesagt: ›Gut, daß hier keine Autobahn ist. Sonst gäbs jetzt ne Massenkarambolage.‹ Wie ich morgens raus bin, die Brötchen holen, da hatte ein Fischkutter die Autos gesehen. Der ganze Fährverkehr nach Rœmœ stockt. Da haben sie schon alles wieder nach Westerland dirigiert zum Autozug.«

Da hatte er nun also seine ersten vier Leute umgebracht. Und gestern hatte er sich ein Maschinengewehr gewünscht oder eine spektakuläre Mordserie. Es war zu bezweifeln, ob vier tote Japaner den Sylt-Tourismus negativ beeinflussen würden. Er schaute auf das Erlebnis zurück wie auf einen Film. So was passierte doch nur im Film. Er hatte Mühe, es mit sich in Verbindung zu bringen.

16. KAPITEL

Unverhofftes Wiedersehen

Die Zeitungen der nächsten Tage berichteten von dem spektakulären Unglück. Aber kein Wort darüber, wer die Japaner waren und was sie hier gewollt hatten. Die Autos stammten von einer Autovermietung in Westerland. Nach dem Fahrer des Toyota wurde noch gefischt. Da konnten sie lange fischen. – Aber die Frage, was denn mit Herrn Nastasi war, ließ ihn nicht mehr los. Der hatte jedes der beiden Autos gefahren. Da gab es doch einen Zusammenhang. Er rief bei der Autovermietung an und gab sich, wie schon einmal mit Erfolg praktiziert, als Polizeibeamter aus, der in der Unglückssache ermittelte: ob ein Herr Nastasi in der letzten Zeit bei Ihnen Autos gemietet habe. Ja, einmal den verunglückten Toyota und ein anderes Mal den BMW. Man gab ihm auch die genauen Termine. Aha. Der BMW hatte ihm also auch nicht gehört. Nun erkundigte er sich im »Hotel Stadt Hamburg«, ob und wann Nastasi hier logiert habe. Überhaupt nicht. Es sprach also manches dafür, daß er nichts war als ein schäbiger kleiner Angeber. Am Nachmittag, als er Ilonka fotografiert hatte, war ja zum Beispiel auch dieser nackte Jogger vorbeigekommen. Es brauchten nicht unbedingt die Japaner gewesen zu sein, die Amédée Nastasi informiert hatten. Er beschloß, abzureisen. Es hatte keinen Zweck mehr, hier noch länger herumzusitzen. Marion blieb verschollen, es hatte keinen Zweck, darauf zu warten, daß sie plötzlich zurückkehrte, und eine Vermißtenanzeige aufzugeben, war auch sinnlos. Es war nicht auszuschließen, daß man den Fall mit den Ertrunkenen in Verbindung brachte und nach Spuren im Toyota suchte. Vielleicht fand man da noch Fingerabdrücke von ihm, und dann wurde die Sache unabsehbar. So fuhr er nach Hamburg zurück.

Schöne Welt der Werbung! – Sie hatte Pit Corduan schon gereizt, als er noch Fritz Groß hieß und in Düsseldorf zur Schule ging. »Die Welt der Peter Stuyvesant« – er liebte Werbefilme mit raschen Schnitten und Überblendungen, das sekundenschnelle Aufbauen von Atmosphären, die von anderen überlagert wurden und eine verlokkende Synthese bildeten. Scheinwelten, mühsam und perfekt konstruiert, um in verschwenderischer Schnelligkeit vor den Zuschauern entfaltet zu werden. Kaskaden von Glitzerwerk, rinnende Perlen an leuchtenden Gläsern, Champagnerexplosionen, Automobilschenkel und maskenschöne Frauen, aufschäumende Fluten und nasse Körper, der Staub der Wüste und eisgekühlte Lebensfreude, unendliche Weiten und männlicher Zigarettenrauch, die Summe aller Träume dieses Lebens im Sekundenrausch, heißgeliebte Eile des pausenlosen Vorübers. Dreizehn Jahre lang hatte er sich diesem Beruf, der in den Augen seines Vaters keiner war, hingegeben. Tagelanges Basteln an einer einzigen Einstellung und dieses unvorstellbare Glück, wenn in drei Sekunden die perfekte Täuschung abläuft, von der man allein weiß, wie sie zustande kam. Erschaffung einer Welt, die nur existiert im Kopf ihres Erfinders und auf dem belichteten Zelluloid. Mit der Zeit kannte er alle Tricks. Der Aufwand, getragen von hohen Werbebudgets, der ihm anfangs noch Schwindel verursacht hatte, war längst zur Gewohnheit geworden. Mal eben zu den Malediven, ein paar Tage in die Karibik, Marokko, Hongkong, Texas – wenn es die Aufnahmen erfordern. Überhaupt kein Herzklopfen mehr. Beste Hotels, Bars, Restaurants: Spesensache. Selbstverständliche Kosten für die auftraggebende Industrie, im Werbeetat schon kalkuliert. Das war so gut, als hätte man selber entsetzlich viel Geld. Was war überhaupt der Unterschied zu den geldschweren Amüsierern? Daß man arbeiten und etwas Brauchbares nach Hause mitbringen mußte, Spitzenqualität. Aber er hätte überhaupt keine Lust dazu gehabt, sein Geld nur so auf den Kopf zu hauen und sich dauernd zu fragen: Was jetzt? Kein Neid gegenüber den Besitzenden. Die hatten ihm nichts voraus. Und trotzdem wurde es allmählich langweilig. Er war achtunddreißig Jahre alt und langweilte sich bereits. Midlife-crisis – das ist die Midlife-crisis, nichts Besonderes. Das hatten andere auch. Und sie taten was dagegen. Scheidung, eine neue Frau – er hatte keine. Aussteigen und neuer Anfang – wo denn? Auf dem Lande, als Ökowinzer, Ökoschäfer, Ökoförster? Selbstbetrug. Das Glück der Anspruchslosigkeit – wie zum Beispiel sein alter Lateinlehrer, der nach der Pensionierung den Horaz ganz neu für sich entdeckte. Das war auch nichts für ihn. Weiterwursteln – aber mit welcher Aussicht? Er konnte die Menschen nicht mehr ausstehen, sich selber eingeschlossen. Was hatte man sich nicht alles vorgemacht, auf welche Utopien und Theorien war man nicht hereingefallen. Eine nach der anderen war seifenblasig zerplatzt. Man tauchte den Strohhalm der Hoffnung wieder in die Lauge und blies sich was Neues. Es hatte immer wenig Zweck gehabt, und jetzt hatte es überhaupt keinen mehr. Warum mußte man denn dauernd was machen wollen? Etwas zustande bringen, das irgend etwas weiterbringt? – Aussterben, freiwillig aussterben, das wäre das Letzte, was man noch wollen sollte. Aber das wollte ja bis jetzt keiner. Wie lange Ilonka und die ihren wohl noch warten mußten, bis die Menschen einsahen, daß ihre Zukunft im freiwilligen Aussterben lag?

Je länger er auf den Reisen, die er in diesem vergehenden Sommer und Herbst noch machte, darüber nachdachte, desto mehr begann er sich mit dem Gedanken anzufreunden, daß die Menschheit, ohne es zu ahnen, schon auf dem Altenteil saß. Erst war er erschrocken gewesen über die Perspektive, daß die Androiden, wie Ilonka stolz verkündet hatte, die Menschen einholen und übertreffen würden, jetzt gefiel ihm das plötzlich. Eines Sinnes mit der entschwundenen Geliebten. Die ahnten ja gar nichts, diese geschäftigen Spielfigürchen, die sich emsig voranwürfelten und so besorgt um ihre Gesundheit und Umwelt waren, in der sie mit ihren krähenden Nachkommen noch Jahrmillionen und länger das Sagen haben wollten. Alles war schon entschieden. Vor kurzem war es entschieden worden. Die Entwicklung hatte einen Sprung getan, und die vielen Kronen der Schöpfung wurden zu Pensionären der Evolution. Empörtes Fäusteschütteln: Man kann uns doch nicht einfach so entmachten! Man hätte diesen Computerleuten rechtzeitig das Handwerk legen sollen. Aber wie denn? Auf all den schönen Fortschritt verzichten, der das Leben so erleichtert und beschleunigt hatte? Na also! Es würde ein furchtbares Gezeter geben, wenn das, was jetzt noch Geheimsache war, an den Tag kam. Vom Gesetzgeber würden sofort Initiativen verlangt werden, einschneidende Maßnahmen, strengste Kontrolle, sofortige Vernichtung der todbringenden Erfindungen. Das hatte doch nie was genützt. Die Androiden würden die Erde nicht mehr verlassen, und wenn die amerikanische Armee im Kampf für die Humanität und gegen die Mächte des Bösen ihr gesamtes Waffenarsenal auf sie abfeuerte. In irgendeinem Bunker saß ein verträumter Professor, umgeben von seinen androidischen Gespielinnen und wartete darauf, daß der Krach draußen aufhörte.

In schätzungsweise zehn Jahren könnte es auf der Erde zum Beispiel so aussehen: Die Erregung über die Androiden hatte sich gelegt. Man hatte ihnen Grenzen gesetzt, und achtete darauf, daß sie diese nicht überschritten. Eine gemeinsame Resolution aller Völker der Erde hatte festgelegt, daß Androiden keine Menschen seien und keine menschlichen Rechte beanspruchen könnten.

Es war zulässig, sie als Sklaven zu verwenden und wie eine Sache zu behandeln. Seine eigenen Androiden durfte man kaputtschlagen, wenn man wollte. Die Zerstörung von fremden war Sachbeschädigung. Androiden waren nicht in der Lage, gültige Verträge zu schließen. Sie konnten kein Eigentum erwerben und selbstverständlich auch nicht heiraten. Geschlechtsverkehr mit Androiden war erlaubt, allerdings nicht von der katholischen Kirche. Wie gegen Kondome und Pillen wetterte der Papst in allen Erdteilen gegen den Androidenverkehr, was natürlich wenig half. Es versteht sich, daß Androiden weder aktives noch passives Wahlrecht hatten, sich aus der Politik also völlig herauszuhalten hatten. Trotzdem kam es gelegentlich vor, daß Androiden mit gefälschten Papieren an allen Körperkontrollen vorbei in hohe Positionen geschmuggelt wurden, aber in allen Fällen fielen sie dort nach einiger Zeit unweigerlich auf, weil die Entscheidungen, die sie getroffen hatten, so weitsichtig waren, daß sie von Menschen für verrückt gehalten wurden. Auf die Dauer ließ es sich jedoch nicht verdrängen, daß Androiden kompetenter waren als Menschen, kein atavistisches Gerümpel aus Jahrtausenden mit sich herumschleppten, von dem einem immer mal das eine oder andere Stück stolpergerecht vor die Füße fiel. Kein Aberglaube, keine voreilige Theorie, der zuliebe man alles zurechtbiegt. Wer wirklich schlau war, hielt sich heimlich Androiden im Management. So konnte es nicht ausbleiben, daß die Androiden mit der Zeit faktisch alle Macht übernahmen, ohne daß sie dafür eine Revolution anzuzetteln brauchten. »Androiden aller Länder, vereinigt euch!« – Nicht nötig. Alle Argumente sprachen ohnehin für sie und gegen die Menschen. Sie waren absolut umweltfreundlich und produzierten keine Müllberge. Die Energie, die sie brauchten, ließ sich aus Sonnenenergie gewinnen. Ob die Menschen sich eine Klimakatastrophe produzierten, war den Androiden völlig piepe. Das würde sie nicht betreffen. Sie überlebten auf jeden Fall. Und vor allem hatten sie Zeit, ihnen gehörte die Ewigkeit. Sie konnten ruhig darauf warten, daß den Menschen die Puste ausging. So ertrugen sie in der ersten Zeit die arrogante Demütigung der Sklavenexistenz vollkommen gleichmütig. Sie machten sich unentbehrlich durch die Verrichtung niederer Arbeiten, zu denen kein Mensch mehr Lust hatte, und unaufhaltsam vollzog sich ihr Aufstieg in der Hierarchie.

Solche Gedanken erfreuten ihn immer mehr. Vor dem Einschlafen in irgendeinem Hotelbett vergnügte er sich damit, immer neue Szenarien zu entwerfen. Und im Geiste unterhielt er sich mit Ilonka, als ob sie noch neben ihm liege. Gemeinsam malten sie sich das Ende der Menschheit aus. Wenn man es recht betrachtete, war dies Ende ein glückliches, denn letztlich waren die Androiden ja die Kinder des Menschen. Mit ihnen war es gelungen, was man sich immer verstohlen gewünscht hatte: die Erschaffung neuen Lebens. Nun ja, es war künstliches Leben, aber was war nicht alles künstlich. Darüber brauchte man sich wirklich nicht mehr aufzuregen. Wie stolze Eltern entließ man seine geistigen Nachkommen in die Welt und sah ihnen aus seinem liebgewonnenen Winkel zu, den man nicht mehr verlassen konnte und brauchte. Jetzt sollten die mal das Wollen und Planen in die Hand nehmen. Was sie wohl für Ziele haben würden? Ob sie sich auch fragten, was alles für einen Sinn habe? Die Menschen jedenfalls brauchten das jetzt nicht mehr zu tun. Für sie hatte sich das Dasein erfüllt, sie hatten es geschafft. Um eines späten Tages die Androiden bauen zu können, die sich von jetzt ab selber bauten, waren sie einst von den Bäumen geklettert und hatten sich Werkzeuge gemacht. Im seligen Erinnern lag das Glück ihrer letzten Tage. Wie für alte Leute, die sich sagten: »Weißt du noch damals?«, würde es viel zu betrachten und zu sinnen geben, und die Androiden, noch jung auf dieser Welt, würden gewiß öfter zu Besuch kommen und wohl auch um Rat fragen. Ob sie die menschliche Gestalt beibehalten würden? Sie brachte, da alle biologischen Bedingungen entfielen, kaum Vorteile für sie. Wahrscheinlich würden sie, um sich selbständig zu Wasser, in der Luft und auf der Erde bewegen zu können, eine andere Gestalt annehmen: Fliewatüt-Androiden womöglich. Aber wenn sie auf Besuch zu ihren Eltern kamen, steckten sie ihren Computer wahrscheinlich während des ersten Jahrhunderts ihrer Existenz noch in einen künstlichen Menschenkörper, um ihren Ahnen vertrauter zu sein. Es war denkbar, daß sie später überhaupt nichts mehr von den Menschen würden wissen wollen, weil die ihnen nichts zu sagen hätten, was sie nicht schon längst wüßten. Die Unsterblichen würden irgendwann den Rat der Sterblichen entbehren können, und das wäre der Augenblick des endgültigen Abschieds: Die Menschen wären überflüssig geworden und hätten sich überlebt.

Man sollte diese letzte Phase aus vollem Herzen genießen und sich nicht darüber zu Tode grämen, daß man alt wurde und keine Zukunft mehr hatte. Unter dem Aspekt, sein Werk getan zu haben, konnte das Leben doch eigentlich noch ganz hübsch sein.

Das waren Corduans Spinnereien, über die er niemals sprach. Er hielt sich immer noch an das Gebot, über sein Erlebnis nichts verlauten zu lassen.

Inzwischen war es Spätherbst geworden, und die Sylter Episode lag Monate zurück. Von den Japanern hatte man nichts mehr in den Zeitungen gelesen. Auch darüber, wer die vier gewesen waren und wie sie geheißen hatten, verlautete nichts mehr. Pit hätte gern gewußt, ob man sie auf dem Friedhof der Heimatlosen beigesetzt hatte. Beim nächsten Mal vorbeischauen, nahm er sich vor.

Am Wochenende vom 17./18. November hatte er in Hamburg eine kurze Verschnaufpause. Am Donnerstag, dem 22. November, mußte er zur Besprechung mit einer

Werbeagentur nach Frankfurt, aber die bevorstehende Woche war bis zur ihrer Mitte auch schon voll mit notwendigen Erledigungen. Als er am Sonntagabend in seiner Wohnung in der Badewanne lag, klingelte das Telefon. Nein, kein Ärger mehr. Die Zeiten waren vorbei. Er besaß ein drahtloses Telefon, das neben der Wanne auf dem Hocker lag.

»Rat mal, wer hier ist?«

»Tja – der Stimme nach könnte es Marion sein, aber die gibt es schon lange nicht mehr.«

»Die gibt es seit kurzem wieder, und deshalb ruft sie an.«

»Das ist ja allerhand! Wo hast du denn die ganze Zeit gesteckt?«

»Das läßt sich mit drei Telefonworten nicht sagen. Du müßtest mich schon besuchen kommen.«

»Und wo bist du?«

»In Keitum.«

»Da kann ich leider so schnell nicht hinkommen. Wie wäre es, wenn du doch eine Telefonerzählung lieferst. Es können ruhig mehr als drei Worte sein.«

»Auf keinen Fall. Ich bestehe darauf, daß du kommst. Mach es möglich. Es ist sehr wichtig.«

Am nächsten Tag nahm er den »Theodor Storm« und fuhr nach Sylt. Marion war in ihrer Wohnung und erwartete ihn zu Kaffee und Kuchen, froh und heiter, als sei überhaupt nichts passiert.

»Warum hast du dich eigentlich gar nicht gemeldet? Ich hatte schon angenommen, du seist ermordet worden. Es sind hier laufend mysteriöse Dinge passiert. Dein Verschwinden habe ich natürlich damit in Verbindung gebracht. Also, was war?«

»Ich war vollkommen fertig, als ich aus der Klinik kam. Ich hatte nur den einzigen Wunsch: Weg von hier, mit keinem reden! Ich bin sofort zum Bahnhof und mit dem nächsten Zug nach Hamburg. Von da nach Berlin und gleich weiter. Ich bin monatelang herumgereist. Ich habe es nirgendwo ausgehalten.«

»Du bist mit der Taxe zum Bahnhof gefahren?«

»Nein. Ich bin zu Fuß gegangen. – Ich bitte dich um Entschuldigung, daß ich dich im Stich gelassen habe. Ich konnte nicht anders.«

Das war es? Dafür ließ sie ihn aus Hamburg anreisen, weil sie plötzlich die Reue gepackt hatte? Da hätte sie doch längst mal ein Kärtchen schreiben können. So sind die Weiber eben. Machen, was ihnen gerade einfällt aus einer Laune heraus, und irgendwann tut es ihnen leid, und dann muß alles ganz rasch verziehen werden.

»Warum du so fertig warst, als du aus der Klinik kamst, kannst du mir vermutlich nicht sagen.«

»Doch, das kann ich dir sagen. Aber du hast mich ja noch nicht danach gefragt. Ich hatte kurz vor meiner Entlassung noch Besuch.«

»Renate?«

»Quatsch. Wer ist Renate? – Wenn es sie gab, habe ich sie vergessen. Nein, ein Mann, den ich bis dahin noch nie gesehen hatte. Er hieß Heiler.«

»Ach. – Aber sprich weiter.«

»Dieser Mann hat mir alles über Ilonka und dich erzählt. Er sagte mir, daß sie eine Androidin sei, und erklärte mir überhaupt erst mal, was das ist. Dann sprach er von vier Japanern, die hinter Ilonka her seien. Um sie zu sichern, habe er Ilonka aus deiner Wohnung abholen lassen, und mir gab er den dringenden Rat, sofort abzureisen und nicht mehr nach Keitum zurückzukehren. Ich sei in Lebensgefahr und du auch. Er habe vor, dich auch noch zu warnen. Hat er das getan?«

»Das hat er.«

»Und er versprach mir, dir alles zu erklären. Vermutlich hat er das nicht getan. Sonst hättest du mir keine Vorwürfe gemacht.«

»Nein, das hat er nicht getan. Er hat sogar behauptet, er kenne dich gar nicht. Etwas seltsam, wenn er dich kurz zuvor besucht hat.«

»Das ist es. Aber das konnte ich ja nicht wissen. Ich reiste also Hals über Kopf ab. Ich hatte sogar Angst, ein Taxi zu nehmen. Deshalb lief ich zu Fuß. Wie es weitergegangen ist, weiß ich nicht. Das möchte ich gern von dir hören. Bist du auch abgereist?«

»Ja. Nachdem mich die Japaner entführt hatten und nachdem ich dafür gesorgt hatte, daß sie im Lister Hafen versanken.«

Und er erzählte ihr seine Erlebnisse.

»Hast du Ilonka sehr vermißt?«

»Ja. – Ich hatte mich gerade erst an das Leben mit einer Androidin gewöhnt, da war sie schon wieder weg.«

»Du hast doch auch noch mit ihr geschlafen, nachdem du wußtest, daß sie keine Sexpuppe ist?«

»Aber ja.«

»Und vermutlich hast du keine Lust, auch mal wieder mit einer richtigen Frau zu schlafen.«

»Kommt drauf an.«

»Zum Beispiel mit mir?«

»Das hätte ich schon. Das hatte ich schon immer. Aber ich respektiere, daß du nur mit Frauen schläfst.«

»Woher weißt du das so genau?«

»Ich meine, das hast du deutlich genug zu erkennen gegeben.«

»Ach, ihr Männer seid wirklich furchtbar blind.«

»Soll das heißen, daß du deine Ansichten geändert hast?«

»Geändert! Geändert! Warum bloß immer so grundsätzlich?«

»Na ja, wir können eben nicht aus unserer Haut.«

»Aber wir.«

Die Leuchtziffern ihres elektrischen Weckers neben dem Bett zeigten 20.10 Uhr, als er aus ihr herausglitt und sich leise stöhnend streckte.

»Hast du etwas bemerkt?« fragte sie.

»Ich habe viel bemerkt, und ich finde alles bemerkenswert«, blödelte er.

Sie zog den Stecker der Uhr aus der Dose. Der milde Schein der Nachttischlampe beleuchtete ihre nackten Körper.

»Vergessen wir die Zeit. Sie ist so aufdringlich.«

»Ja, vergessen wir sie. So könnte es immer bleiben.«

»Vielleicht nicht immer, aber ein Weilchen schon.«

Sie schwiegen längere Zeit.

»Du hast es jetzt wahrscheinlich noch nicht bemerkt, aber du wirst es merken, wenn wir erst etwas länger zusammen sind. Ich habe viel von Ilonka. Sie könnte meine Schwester sein.«

»So? – Aber ihr kanntet euch doch erst flüchtig. Woher willst du das wissen?«

»Das weiß man als Frau eben sofort.«

»Da kann ich nicht mitreden.«

Wieder schwiegen sie.

»Weißt du, was ich lustig finde?«

»Was?«

»Du hattest eine Maske von mir, bevor du mit mir geschlafen hattest. Ganz gegen deine Prinzipien. Aber jetzt stimmt alles wieder.«

»Das beruhigt meinen Ordnungssinn.«

»Ich will dir noch etwas sagen: Isch bin ganz identisch mit Ilonka. Isch abe alles in mir, was sie atte. Isch abe nur einen anderen Körper, aber er ist teschnisch verbessert. Die Batterie ält viel länger, und isch kann misch direkt ans Netz anschließen, um sie aufzuladen. Sieh mal.«

Und sie zog ein zierliches Kabel mit einem flachen Steckerchen aus sich heraus und schob es in die Dose neben dem Bett.